三个圈经典文库

经典就读三个圈　导读解读样样全

❶ 三四郎池
《三四郎》中三四郎与美祢子初次相遇的地方。

❷ 上野公园
《心》中"我"与先生曾在此散步。
《后来的事》中代助曾在公园内的博物馆中向平冈坦白了自己对三千代的爱意。

❸ 杂司谷墓园
《心》中K的墓地所在地。

❹ 团子坂
《三四郎》中三四郎和美祢子曾在此看菊偶展览。

❺ 传通院
《后来的事》中三千代的家、《心》中先生的家都在这里。

❻ 丸之内
《门》中宗助上班的公司所在地。

❼ 日本桥
《心》中先生和小姐曾在此购物。
《三四郎》中三四郎和与次郎曾在此听过落语。

❽ 上野精养轩
《三四郎》中的主人公们常常在此聚会。
《行人》中一郎夫妇曾在此参加朋友的婚礼。

❾ 善国寺
《后来的事》和《少爷》中的主人公都曾到此参加祭典。

❿ 兼安
《三四郎》中野野宫曾在此买过一条缎带,且疑似送给了美祢子。

⓫ 本乡座
《三四郎》中三四郎曾在此观看《哈姆雷特》的戏剧演出。

⓬ 追分
《三四郎》中三四郎曾在此寄宿。

想知道这些地方都在哪里,有什么特色吗?
那就翻开背面一探究竟!→

夏目漱石文学地图

❶ 三四郎池
地址：东京都文京区本乡七丁目3-1

原名为"育德园心字池"，是位于东京大学本乡校区内的一座心形水池。育德园在江户时代曾是当地大名的宅邸，其豪华程度在当时江户城中的众多诸侯宅邸里也算首屈一指。在《三四郎》中，此处是主人公三四郎与美祢子初次相遇的地方，因此后来也被称为"三四郎池"。

❷ 上野公园
地址：东京都台东区上野公园·池之端三丁目

全名为"上野恩赐公园"，1876年开园，是日本的第一座公园。公园所在地自古便是著名的赏樱地，内部还设有众多博物馆和美术馆，几十年来一直是东京市内最热门的旅游景点之一。

❸ 杂司谷墓园
地址：东京都丰岛区南池袋四丁目25-1

位于东京市丰岛区，是一个公共墓园。泉镜花、小泉八云、永井荷风等许多日本知名文人长眠于此，夏目漱石去世后也葬在此地。

❹ 团子坂
地址：东京都文京区千驮木二丁目至三丁目间

关于这条小路奇异名称的来源众说纷纭，有人说是因为古时候这里曾有过出名的团子店，也有人认为是因为这条路古时候路面坑洼不平，路人摔跤滚到地上的样子就像团子一样。明治时代，这条小路文化氛围浓厚，夏目漱石、高村光太郎等人都曾居住在这里。

❺ 传通院
地址：东京都文京区小石川三丁目

是一座历史悠久的净土宗寺庙。因为曾供奉德川家族的灵位而拥有极大的势力，明治维新后逐渐衰败。著名作家永井荷风就出生在这附近，他的后人至今仍然在这一带生活。

❻ 丸之内
地址：东京都千代田区

东京市内的一个区域，位于皇居附近，东边与中央区银座相接，是东京最繁华的商圈之一。同时，丸之内因为是日本大财团三菱集团总部的所在地，且建有大量集团旗下的建筑，所以又被戏称为"三菱村"。

❼ 日本桥
地址：东京都中央区

由德川家康下令修建，是日本最早的道路规划网的起点。广义上也指以日本桥为中心的区域，是东京重要的商圈和金融圈。

❽ 上野精养轩
地址：东京都台东区上野公园·池之端三丁目

位于上野公园内，是一家西洋料理店，创立于1872年。明治时代，日本上流社会的人常在此聚会。除夏目漱石外，森鸥外等人的文学作品中也常常提到这里。

❾ 善国寺
地址：东京都新宿区神乐坂5-36

鲜艳的朱红色大门是其重要特征，里面供奉的是毘沙门天。毘沙门天来源于佛教四大天王之一的多闻天王，在日本传统信仰中是"七福神"之一。夏目漱石曾在日记中记录自己某日路过这里，因突发胃痛而在寺内休息，顺便观赏了早春樱花一事。

❿ 兼安
地址：东京都文京区本乡二丁目40-11

是创立于江户时代的一家杂货铺，经历过战争、地震、火灾等天灾人祸，开业至今已有400多年，因其历史悠久而极受东京人的喜爱。

⓫ 本乡座
地址：东京都文京区本乡三丁目14

是当地大地主奥田家建于1873年的一家剧院，原名为"奥田座"，主要有歌舞伎表演，后期也有一些新式话剧的表演等。第二次世界大战期间，本乡座因为遭受空袭被毁，如今只剩下一个纪念遗址。

⓬ 追分
地址：东京都新宿区

日本旧制地名。"追分"这个词原本是指牛马车队在此处分开的意思，因此在日本多指交通要道的分岔口，是一个在全国各地都很常见的地名。《三四郎》中的"追分"指现代的东京都新宿区附近。

もん

门

[日] 夏目漱石 著
(1867—1916)
吴树文 译

三个圈经典文库
经典就读三个圈 导读解读样样全

江苏凤凰文艺出版社

图书在版编目（CIP）数据

门 /（日）夏目漱石著；吴树文译 . — 南京：江苏凤凰文艺出版社，2021.12
ISBN 978-7-5594-5757-8

Ⅰ.①门… Ⅱ.①夏…②吴… Ⅲ.①长篇小说－日本－近代 Ⅳ.① I313.44

中国版本图书馆 CIP 数据核字 (2021) 第 213611 号

门

[日]夏目漱石 著　吴树文 译

责任编辑	丁小卉
特约编辑	张 琦　车 童
装帧设计	黄 实
责任印制	刘 巍
出版发行	江苏凤凰文艺出版社
	南京市中央路 165 号，邮编：210009
网　　址	http://www.jswenyi.com
印　　刷	河北中科印刷科技发展有限公司
开　　本	890 毫米 ×1270 毫米 1/32
印　　张	7
字　　数	150 千字
版　　次	2021 年 12 月第 1 版
印　　次	2021 年 12 月第 1 次印刷
标准书号	ISBN 978-7-5594-5757-8
定　　价	29.90 元

江苏凤凰文艺版图书凡印刷、装订错误，可向出版社调换，联系电话：010-87681002。

門 もん

风吹碧落浮云尽,月上东山玉一团。

——《门》第 48 页

目 录

门	001
译后记：春风风人，夏雨雨人	189
三个圈独家文学手册	195
导　读 夏目漱石的中期三部曲之一——《门》	197
图文解读 明治时代的真实生活和物价水平	209

一

　　宗助先前就把坐垫搬到廊庑上，逍遥自在地在向阳处盘腿坐了一会儿，又把手里的杂志丢开，横身躺了下来。天气好极了，真可谓秋高气爽。街上很宁静，所以行人从路上走过时的木屐响声清晰可闻。宗助曲肱为枕，视线掠过屋檐向上空仰望，碧空如洗。相比之下，自己身下的这块廊庑显得多么局促，而晴空是何其广阔。偶尔碰上个星期天，能够如此尽情眺望晴空，宗助觉得别有一番情趣。他蹙着眉头朝金光闪闪的太阳瞅了一会儿，感到很耀眼，于是把脸朝着拉门的方向翻了一个身。宗助的妻子正在拉门的里边干针黹活儿。

　　"哎，天气好极了。"宗助搭讪道。

　　"嗯。"妻子没有多搭话。

　　看来宗助也不是想要说些什么，所以默然处之了。

　　过了一会儿，妻子先开口说道："你去散散步吧。"

　　这时宗助只含糊其词地"嗯"了一下。

　　两三分钟之后，妻子把脸凑近玻璃，朝拉门外望了望，只见睡在廊庑上的丈夫不知在打什么主意，缩着双膝，身子曲得像一只大虾，而且交叉着两臂，把黑黑的脑袋埋在臂间，根本望不到他的脸。

　　"我说，你在这种地方睡觉是要感冒的啊。"妻子提醒丈夫注意。她的语调带有东京腔,又不像东京腔,是一种现时代女学生通用的调子。

宗助的大眼睛在两条胳膊肘之间不住地眨巴,小声地答道:"我没睡,放心好了。"

接下来又是静默。屋外响过两三次胶轮车通过的铃声后,可以听到远处的鸡啼声了。宗助贪婪地品味着阳光自然浸入新做的布衣背部而透入衬衣里的暖意,同时,似听非听地注意着门外的声响。这时,他仿佛突然想起了什么事似的,唤问拉门里边的妻子。

"阿米,近来的'近'字该怎么写呀?"宗助问。

妻子闻声后,没有怎么发愣,也没有发出少妇特有的尖娇的笑声。

"不是近江的'近'吗?"她答道。

"这近江的'近'字,我也写不出来。"

妻子把关住的拉门拉开半扇,一把长长的尺伸到起居室外,用尺的一端在廊庑上描了个"近"字给他看。

"是这样写的吧。"她没再说别的,把尺端停在描字的地方,入神地朝清澈的晴空眺望了一会儿。

宗助没朝妻子望,说道:"真是这么写?"他不像在说着玩,也就没现出什么好笑的样子。妻子呢,似乎对"近"字的事毫无兴趣。

"这天气真是好极了哪。"她带着一半自言自语的腔调说着,又继续自己手中的针黹活儿,拉门就这样开着。

这时宗助把埋在胳膊肘里的脑袋略为抬起,说道:"字这玩意儿也真是怪得难以想象。"然后朝妻子望望。

"怎么啦?"

"怎么啦?喏,即使是非常常用的字,你一时感到有点儿怪而产生疑窦后,就会越发糊涂。不久前,我还被今天的'今'字搞得不知所措,好端端地写到纸上了,凝神端详后,总是觉得有什么地方不对头。后来越看越不像个'今'字了。你可曾碰到过这类事情？"

"怎么会有这种事呢！"

"难道只有我一个人有吗？"宗助用手按着脑袋。

"你真有点儿不正常呢。"

"也许仍旧是神经衰弱的缘故吧。"

"是呀。"妻子望着丈夫说。丈夫总算站了起来。

　　宗助仿佛腾越似的跨过针线盒和一些线头，把吃饭间的拉门打开，就是客堂间了。客堂间的南面有正门为障，所以眼前的这扇拉门映到一下子从阳光下跑进来的宗助的眼中时，不免有点儿寒意。宗助打开拉门，斜崖像是直逼房檐似的耸立在廊庑的尽头，竟使得上午理该晒下来的阳光也被挡住了。山崖上长着草，崖脚下没有垒石头，真有不知何时会塌下来的危险，但是说来也奇怪，倒从没听说过发生塌方的事。大概正因为如此吧，房主也就长期不予过问，听其自然。一位已在町内住了二十年之久的老土地曾在吃饭间的后门口特意就此事向宗助做了这样的说明："当然啰，听说这儿本来长满了竹丛，而在开辟的时候，竹根没挖掘掉，被埋进土堤了，所以地质特别紧。"宗助当时就提出问题，说："不过，既然土里留有竹根，怎么没有长出成丛的竹子来呢？"于是这位老爷爷答道："这个嘛……经过那么一番开掘，竹子就不会好好长出来啦。不过山崖是得天独厚了，不论碰到什么情况，也不会塌方的……"他仿佛在竭力替自己辩护似的，说完这话就走了。

　　到了秋天，山崖也没有什么色彩可言，只有失去了香气的青草恣意地生长着，蓬乱不堪。至于像芒草[1]、常春藤之类的漂亮花草，就更

---

[1] 芒草是秋天七草之一，禾科多年生草本植物，高一米至一米半，叶细长，秋天在茎端开出黄色或紫色花穗。——译者注（如无特殊说明，本书注释均为译者注）

加看不到了。不过,在崖腰和坡顶上,尚可以看到两三根过去遗留下来的粗毛竹昂然挺立。在竹子多少有些泛黄而阳光射到竹竿上的那种时候,若从檐下探首望去,会产生一种望见了秋天的暖意正在土堤上的心情。宗助通常是清晨出门,下午四点钟过了才回家来的,所以在这夜长昼短的日子里,简直无法偷闲观望山崖。他从昏暗的厕所里走出来,以手承接着洗手盆里的水洗手时,偶然抬眼朝檐外望去,这竹子的事才不期而然地浮上脑际。竹竿顶端密集着细叶,看上去像一团大绣球。这些竹叶沐浴在秋阳下,沉甸甸地寂然下垂着,一动也不动。

宗助关上拉门,回到客堂间,在桌前坐下。这里名为客堂间,乃是因为有客来时在此接客,其实名为书房或起居间更为适当。北侧有壁龛,为了应景而挂着一幅不伦不类的立轴,立轴的前面摆着红泥颜色的下等花盆。横楣上没有挂镜框什么的,只有两只黄铜的弯头挂物钉在闪光。此外,尚有一只玻璃门的书橱,不过橱里没有什么特别引人注目的漂亮东西。

宗助把装着银质拉手的桌屉拉开,在屉内翻查了一阵,好像什么也没有找到,就吧嗒一声推上了。然后,他掀掉砚台的盖子,开始写信。一封信写完,封好,思索了一会儿。

"我说,佐伯家是住在中六番町多少号呀?"宗助隔着拉门向妻子询问。

"不是二十五号吗?"妻子回答。但是等到宗助把信封写好的时候,她补充道:"写信是无济于事的。你得去一次,当面讲讲清楚。"

"哟,无济于事嘛,我也得先发封信吧,真要不行,我就去一次呀。"宗助说罢,见妻子没有搭腔,便补了一句,"你看这样可以吗?"

妻子好像不反对,他也就没再持异议。宗助拿着信,由客堂间径直往正门口走去。妻子听到了丈夫的脚步声后,起身离座,沿着吃饭间外的走廊走到正门口。

"我去散散步。"

"你去好了。"妻子微笑着回答。

大概过了三十分钟,听得格子门咔啦一声被推开了。阿米闻声,又停下手中的针黹活儿,沿着走廊走到正门口,心里还以为是宗助回来了,不料进来的竟是戴着高级中学制帽的小叔子小六。他身披一件黑呢长披风,裙裤的下摆露出五六寸光景。

"真热啊。"小六一边解披风的扣子一边说。

"不过,你也太那个啦。这天气竟穿着这样厚的衣服出来……"

"哦,我想太阳落下去之后要冷的。"小六带着辩解的口气,边说边跟在嫂子的身后走进吃饭间。这时他看见缝了一半的衣服,说了句"你还是这么勤快呀",便在长火盆前盘腿而坐。

嫂子把缝制的衣物往角落里一推,走到小六的对面,取下水壶,添了点炭火。

"你别烧茶了,我不想喝。"小六说。

"你不想喝?"阿米带着女学生的腔调追问了一句,"那么,吃点心好吗?"她面带笑容。

"有现成的?"小六问。

"不,没有。"她照实回答,但又像想起了什么似的,"你等一下,也许还有呢。"说着站起来,就势移开旁边的炭笼,打开柜子门。

小六注视着阿米背上被腰带顶起的那部分外褂。他见阿米在找着什么东西,显得异常费事,于是说道:"行了,点心就算了吧。我倒是很想知道哥哥今天怎么样。"

"你哥哥方才出去……"阿米一边背朝着小六这么回答,一边还是自顾自地在柜子里翻。过了一会儿,她咔啦一声关上柜子门:"没有啦。都被你哥哥吃光了,也不知是什么时候吃的。"她边说边走回到火盆的对面。

"嗯，晚饭就让我在这儿吃点儿什么吧。"

"行，这很方便。"她看看挂钟，已经近四点了，便"四点钟、五点钟、六点钟"地算着时间。小六不声不响地瞅着嫂子。其实，他对嫂子招待晚饭的事并没有什么兴趣。

"嫂子，哥哥为我去过佐伯家吗？"小六问。

"他是一直在说'要去一次、要去一次'的啊。不过，你哥哥每天早出晚归，回到家里就很疲乏，连洗澡都懒得洗。所以嘛，也确实不忍心催他呀。"

"哦，哥哥当然是个大忙人。但是那件事没有着落的话，总令人牵肠挂肚，我也无法安心学习，所以……"小六一边说一边拿起铜质的火筷子，不停地在火盆中的灰上画起什么字来。阿米注视着在动弹着的火筷子筷尖。

"所以他刚才写了封信寄去啦。"阿米宽慰对方。

"怎么说的？"

"那我也没看呀。不过，一定是商量那件事无疑。等会儿你哥哥回来，你去问他。一定是那件事。"

"如果已寄信去了，那大概就是为这件事啦。"

"哎，真的，是发了信啦。你哥哥方才就是拿着那信出去的。"

小六没有兴趣听嫂子这么辩解加慰藉地说下去，心想：哥哥既然有时间去散步，那何必写什么信呢，亲自替我去走一趟不好吗？小六感到不大高兴，于是走到客堂间，从书架上取出一册红色封面的外文书，咔啦咔啦地翻看。

二

　　还不知道情况的宗助走到大路的拐角处，在一家店铺里买了邮票和敷岛牌香烟，随即把信寄了出去。宗助觉得由来路这么折回去，不免有点儿怏怏，便慢吞吞地踱着步子，同时让衔在嘴上的香烟冒着烟雾在秋阳下摇曳。走到远处的什么地方时，他脑子里清晰地印下了"东京就是这种地方"的印象，于是想把这一情况作为今天这个星期天的"收获"，带回家睡觉去。多年来，他不光是吸着东京的空气生活着，还每天乘电车去机关办公，天天一来一往、两度通过喧闹的大街，这已成了习惯。但是他的身心没有松弛的时候，老是处在神不守舍地从闹市匆匆通过的状态中，所以他近来根本没有产生过自己是生活在这热闹的街市中的感觉。当然，平时忙得焦头烂额，也无心去顾及这些事，但是七天一回的休息日子到来，心绪有了放松而沉静一下的机会时，就会发觉平时的生活是过得多么急促而浮浅。结果觉得自己虽然身居东京，却压根儿不识东京的真面目。每想及这一点，总是感到不胜凄楚。

　　在这种时候，宗助会突然心血来潮上街去，而且怀里多少有些余钱的话，就要琢磨怎样用这些钱作一次野游。但是他的寂寞心情还没有强烈到使他毅然踏入这种极端的程度。所以在他尚未迅猛踏到这一步之前,就畏首畏尾地作罢了。另外还有一层原因,就是像他这一类人的钱包,通常不能由他随心所欲,所以他觉得,与其在这些无谓的事情上伤脑筋,还不如揣着手、优哉游哉地回家去来得自在。所以宗助的寂寞心情便在这种单纯的散步或溜达劝工场[1]中得到排遣,好歹可维持到下一个星期天的到来。

今天的情况也不例外,宗助觉得反正得走一次,便乘上了电车。尽管天气非常好,但毕竟是星期天,乘客比往常少,所以乘在车上感到异常舒服。而且乘客们都和颜悦色的,无不显得悠然自得。宗助一面坐下来一面回想着平时自己每天早晨都要准时地上电车、抢座位,朝丸之内[2]方向而去的命运。真的,再没有比上班时刻挤电车更煞风景的事了。手抓车中的皮革吊环也好,坐在天鹅绒的椅子上也好,宗助从来没有品尝过作为一个人该有的优柔的心情。他觉得事实上也不该苛求,大家都无非是在同机械之类的东西摩肩接踵而过,同车坐到各自的目的地后,就下车扬长而去了。前面的一位老奶奶正把嘴靠到一个七八岁模样的孙女耳侧,说着些什么话,旁边有一位三十岁左右的像是商贾主妇似的人见状后不胜神往,又是问年龄又是问姓名。宗助看着这番情景,才恍然觉得自己好像来到了另外一个世界。

头的上方挂满了镶在框格中的广告。宗助平时根本不留意这些东西。现在有意无意地朝第一块广告望了望,原来是一家搬家公司招揽生意的广告,写着"若需搬家,保证满意"。接下来的一块广告上写着三行字——想省钱的人,注意卫生的人,小心火烛的人。在这三行字的后面写有一句"请使用煤气灶",并画着一只正在冒火的煤气

---

1 由许多商店联合起来摆设出各种商品的售货点,随着百货商店的兴起而渐趋衰退。
2 东京城内的中心区。

灶。第三块广告上写着"俄国文豪托尔斯泰的杰作《千古之雪》[1]"和"便装喜剧小辰大一座",红色打底,涂以醒目的白色。

宗助大概用了十分钟的时间,仔仔细细地把全部广告从头至尾看了三遍。他并不打算上什么特定的地方去看看,也不想去买什么东西,但是,这些广告清清楚楚地反映到他的头脑里来,而且他能有——看完并完全理解其内容的悠闲心绪,这倒给宗助带来了不小的满足。除了星期天之外,他的生活是每天跑出跑进,从来不得安宁,以致觉得能有这么一点儿悠闲也值得夸耀。

电车开到骏河台下时,宗助下了车。刚下车,他就看到右侧的玻璃橱窗里整齐漂亮地排列着一些西方国家的书。宗助在那前面站了一会儿,望着清晰地烙在红颜色、青颜色、带条纹或图案花纹的封面上的金色文字。书名的意思是一目了然的,但是他根本没有要把书拿到手上翻看一下的兴趣。对宗助来说,走过书店前就一定要进去看一看,而且进去后就一定想选买什么书的老习惯,乃是十多年以前的生活模式。只是有本名叫 History of Gambling(《赌博史》)的书,装帧特别精美,陈列在正中央,倒使他感到了几分异样的新奇味。

宗助脸带微笑穿过喧嚣的马路,走到钟表店看看,橱窗里面陈列着一些金表和金表链。宗助只是觉得它们金光灿灿,样子也很好看,但还不足以诱致他冒出想买的念头。不过看看那一块块用丝线连在货物上的价格牌子,把价格同实物衡量衡量,觉得金表简直便宜得惊人。

宗助也在洋伞店前驻足站了一会儿。他也看到陈列在洋货店店头的高筒礼帽旁边挂着领带。同自己每天戴的领带相比,这领带的花样是美得多了。宗助想问问什么价钱,一只脚刚踏进店去,转念想到"明天起换戴上这类领带,未免有点儿无谓",顿时不愿掏腰包,从

---

[1] 根据托尔斯泰的名著《复活》而改编成的电影。

店前走过了。宗助也在绸缎店前站着看了不少时间,他记住了很多自己以前不知道的品名:鹑衣绸、高贵纺、清凌纺……在一家名为京都衬领店的分店前,宗助靠上前去,久久地注视着店里陈列着的绣得很精巧的女式衬领,看得帽檐儿简直要碰到玻璃橱窗上了。橱窗里有着正合妻子戴的上品衬领,宗助顿时想到"给妻子买一件吧",但旋即觉得"这种事该是五六年前做的",好容易滋生出来的好念头立即熄灭了。宗助苦笑着从玻璃橱窗前走开,走了五十来米,总觉得难以排遣,大街和商店都让他觉得兴味索然了。

宗助猝然间发现拐角上有一家颇大的杂志门市部,店门前有新出刊物的大字广告,用纸糊贴在梯子那样的细长框框上,还在一块油漆过的板上描上了彩色花样。宗助将广告上的文字一一读了,觉得好像曾经在报纸的广告栏里看到过这些作家的名字和作品名称,但好像又觉得全是第一次看到。

在这家店的拐角后面,有一个三十岁左右的人,头戴黑色圆顶礼帽,自得其乐地盘腿坐在地上,嘴里喊着:"嘿,孩子们最喜欢!"便把那大气球鼓足气,气球一鼓起来,宛如胖胖的不倒翁,还在恰到好处的部位预先用墨描就出眼睛和嘴巴,这使宗助见了十分欣赏。而且,一旦吹好了气,气球就始终鼓着,可以随心所欲地停在手指上或手掌上。如果把一根像牙签那样的细条条往气球底部的小洞眼中一插,气球便会咻地一下瘪掉。

路上的行人来去匆匆,简直没有一个人驻足对它瞧上一瞧。戴圆顶礼帽的人孤寂地在闹市的一角盘腿而坐,仿佛感觉不到周围的一切动静,嘴里净嚷着"嘿,孩子们最喜欢",并把气球吹圆。宗助掏出一分五厘钱,买了一只这种气球,请对方把球咻地弄瘪后,放进了和服的袖筒。宗助想找一家干净些的理发店,把头发剪一剪,但是怎么也找不到这样的理发店,而时间已经不早了,宗助便又乘了电车回家。

车至终点站，宗助把车票交给驾驶员，这时天色已经失去光亮，潮湿的大街上笼罩着昏黑的影子。宗助手抓铁柱子准备下车，突然感到一阵寒意。一起下车的人都各奔东西，忙着去办各自的事情了。朝街的尽头处望去，只见左右的房子，从檐前至屋顶有着灰白色的烟气在空中浮动。宗助也就朝着多树的方向快步走去。他想，今天这个星期天、这令人感到舒畅的天气已经结束了。于是，从心头泛起一种感到好景不长的落寞情绪。他转而想到从明天起自己又得一如往常那样卖命地工作，就对今天这半天的生活不胜留恋，而对其余六天半的精神郁悒的生活感到实在无谓。宗助往前迈着步子，脑海里浮现出那光线很坏、窗子很少的大房间的情景，浮现出邻座同事的脸，浮现出上司吩咐"野中君，你来一下"的那种情态。

宗助在一家名叫鱼胜的菜馆前通过，走过五六家门面，从那不像是胡同也不像是巷子的地方一拐，尽头处是高崖，左右并排着四五所同样结构的出租房子。在这本有着稀疏杉篱的深处，不久前还有着大概是什么旧家臣一类人物的凄清的宅子混在其间，但是崖上有一个叫坂井的人出钱买下了这块地方后，随即把草葺的房子拆了，把杉树围篱拔了，重新建造了现在这样的房子。宗助的家位于尽头左侧的崖下，所以多少有点儿阴丝丝的。不过，唯其离开大街最远，也就具有几分闲静的气氛，因之宗助同妻子商量后，特意选择这样的地方住了下来。

七天一度的星期天行将结束，宗助很想快点儿洗个澡，有暇的话把头发剪一剪，然后悠悠然地吃晚饭。于是他赶紧推开格子门，听得厨房里有食器响动的声音。他跨进门，没有留意踩到了小六脱下的木屐。就在他蹲下来把木屐放好的时候，小六走了出来。

厨房里传来了阿米的询问："谁呀？是你哥哥吗？"

"哟，你来了？"宗助边说边走进客堂间。他先前出去寄信，后来在神田散步，又乘了电车回家，头脑里根本没有闪过半点儿小六的影子。宗助现在看到小六，不禁觉得自己像做了什么坏事似的，很不好意思。

"阿米，阿米，"宗助朝着厨房里喊妻子，吩咐道，"小六来了，该弄点儿什么好吃的才对呀。"

妻子赶紧打开厨房间的拉门，跑出来站在客堂间的进口处，一听吩咐，立即说道："哎，马上——"

她说罢刚想折回厨房，又转过来身说道："不过，小六弟，劳你驾，把客堂门关上，把煤油灯点一点。我同阿清现在一点儿也腾不出手来。"

"是。"小六听了她的要求，简单地回答后，站了起来。

厨房间里传来了阿清切东西的声音，传来了热水或冷水哗哗流到水池里的声音，又有"太太，这个该放到什么地方去呀"，以及"嫂子，剪灯芯的剪子在哪里呀"等说话声，还有沸水吱吱吱地在铁壶里滚的声音。

宗助在昏暗的客堂间里，默默无言地把手伸到手炉旁烤着。只见炉里的炭火块红通通地露在火灰上。这时候，后面崖上房主家的房子里传来了小姐弹钢琴的声响。宗助若有所思地站了起来，走到廊庑上，打开客堂间的木板套窗。粗大的毛竹在簌簌舞动，把昏暗的天色搅乱了，天空中有一两颗星星在闪烁。钢琴的声响接在毛竹声的后面传过来。

三

宗助和小六提着毛巾从洗澡堂回来，这时客堂间的中央已摆好一只正方形的餐桌，桌上放着阿米手烹的各色可口菜肴。与方才离开客堂时相比，现在手炉里的火显得更旺，煤油灯也更亮了。

宗助把写字桌前的坐垫拉近身，安逸地在那上面盘腿而坐。

这时阿米接过毛巾和肥皂，问道："澡池里的水还可以吧？"

"嗯。"宗助只答了这一声。不过，与其说他这副神态是冷淡无情，倒不如说是因为澡后精神弛缓了。

"那水非常好。"小六看着阿米，附和着说道。

"不过，人太挤，有点儿受不了啊。"宗助把胳膊支在桌边，无精打采地说。

宗助平时总在下班回家后去洗澡，所以老是赶在人正拥挤的饭前黄昏时分。这两三个月里，他根本没有看到过澡池中的水在日光映照下是什么颜色。这且不说，他还动辄一连三四天不踏进澡堂的门槛。宗助常常这么想：碰到星期天得起个早，第一件事就是捷足先登地赶到干净的澡池里去泡一泡。但是到了星期天，却又觉得今天难得可以美美地睡个懒觉，便在床上翻来翻去地把时间白白消磨掉了，于是改了念头——唉，真够麻烦的，今天就算了，还是等下一个星期天去吧——这简直成了他的一种惰性。

"我无论如何也得去洗个清晨澡。"宗助说。

"但是碰到能去洗个清晨澡的日子,你又准要睡懒觉啦。"妻子带着奚落的口气说道。

小六心里认定那是哥哥天生的弱点。尽管小六自己也是个珍惜星期天的学生,但他不懂得星期天对哥哥说来,是多么的宝贵。为使六天里的郁悒心情在一个星期天中舒畅地驱散掉,哥哥是把莫大的希望寄托在这二十四个小时里的。但想做的事情太多,实际上能够做的,不出其中的十分之二三。不,就算这十分之二三,到着手要做时,又会感到为此耗费时间很不值得,便停下手来,末了,星期天就在这种三心二意中偷偷溜走了。宗助正是处在这种连自身的消遣、健身、娱乐以及嗜好都不得不割爱的境况下,所以他没替小六尽力倒不是他不尽力,而是他无暇顾及。但小六是无论如何不能理会这一点的,他认为哥哥是个只顾自己的人,有空只知同妻子一起闲逛,一点儿不替我这个弟弟着想、出点儿力,真是太薄情了。

不过,小六是最近才有这种想法的,说得具体点儿,乃是同佐伯有了交往之后才有的。小六年纪太轻,凡事都很性急,一旦拜托过哥哥后,以为一两天的时间就能解决,不料老不见下文,而且哥哥连联系也还没去联系过,所以很不满意。

然而今天等候哥哥回家后,毕竟是弟兄,相见之下也没有怎么寒暄一番,就感到有些手足之情在荡漾,于是小六把想谈的话缩了回去,先同哥哥一起去洗澡,过后再让哥哥从容地推情而言。

弟兄俩不拘礼节地就座吃饭,阿米也随随便便地在桌旁相陪。宗助和小六都饮了两三杯酒。

在动手吃饭之前,宗助笑着说道:"哦,有件很有趣的东西。"他边说边从和服的袖筒里取出买来的气球不倒翁,吹足了气给小六看。接着,宗助把气球放在碗盖子上,就这个玩具的特点做了说明。阿米和小六都觉得很有趣,望着这轻飘飘的圆气球。最后,小六噗地一吹,圆气球从饭桌上飘落到地席上,仍然不倾不倒。

"你们看呀!"宗助说。

阿米毕竟是女流,笑出声来了。她打开饭桶的盖子,一边替丈夫盛饭,一边朝着小六,带有一半为丈夫开脱的腔调说道:"你哥哥也是个自在惯了的人哪。"

宗助从妻子手中接过碗,没有一句辩解的话,吃起饭来了。小六也正式动筷吃饭。

气球不倒翁没有再成为大家的话题,但是它导致他们三个人始终沉浸在开怀闲聊的气氛中,直至把饭吃完。

最后,小六使气氛为之一转,说道:"不过,伊藤这次也真是倒了大霉啦。"[1]

宗助是在五六天之前看到伊藤公爵被暗杀的号外的,当时阿米正在厨房干活,他到厨房对阿米说:"喂喂,出大事啦,伊藤被刺了。"并把手中的号外丢在阿米的围裙上之后,径自回到了书房。不过,从宗助的语气来看,毋宁说心情是平静的。

"我说,你口里在说出大事啦,声音里却一点儿没有出了大事的韵味嘛。"阿米后来半开着玩笑,特意向丈夫提出这一点。自那天以来,报刊上每天都有五六段涉及伊藤公爵的报道。不过对这一暗杀事件,宗助表现得很平静,简直叫人怀疑他究竟有没有读过那些报道。有天晚上回到家里,阿米在伺候他吃饭的时候问道:"今天又报道了一些伊藤的事吧?"这时宗助只答道:"嗯,登载了不少呢。"因此阿米也只有在事后将丈夫读过而折叠好放在衣兜里的晨报取来看过,

---

[1] 指明治四十二年(1909年)十月二十六日伊藤博文公爵在哈尔滨车站被暗杀一事。

才明白报道的内容。阿米之所以要谈到伊藤公爵的事,无非是想测试一下这事可否用作丈夫回家后的闲谈资料。她见宗助没有兴趣,也就不想硬把话题往这方面扯了。因此,自报社出那次号外以来,直至今晚小六提及这件事为止,夫妇俩并没有把这件震惊天下的大事当作什么了不起的新闻。

"哦,究竟为什么被刺呀?"阿米问小六。这个问题也是阿米看到号外时曾向宗助提出过的。

"用手枪砰砰一连几发,命中了。"小六照实回答。

"可我是问为什么被刺。"

小六露出不得要领的神情。

宗助平静地说:"无非是天数难逃吧。"同时津津有味地品着茶碗里的茶。

阿米似乎不能同意这样的解释,问道:"那为什么又到中国东北等地去呢?"

"此话有理。"宗助的肚子向外挺,一副吃得很满足的样子。

"听说同俄国那边有着什么秘密的事情。"小六现出一脸认真的神情。

"噢。也真晦气呀,结果竟被刺了。"阿米说。

"要是像我这样的小公务员被刺,当然是晦气。但是像伊藤那样的人物在去哈尔滨时被刺,毋宁说是好事呢。"宗助带着得意的语调说。

"哦?为什么呢?"

"为什么?伊藤这次被刺后,就成了历史上的伟人啦。如果平平常常地死去,就不可能如此了。"

"此话有理。也许是这么回事呢。"小六显出佩服的神情,停了一会儿,又说道,"总之,哈尔滨那儿都是些动乱不安的地方呀。我总觉得去那些地方很危险。"

"因为那是各色各样人的杂处之地啊。"

阿米见丈夫这么答话,便现出诧异的神情,望着宗助的脸。

宗助好像感觉到了似的,催着妻子,说道:"哎,我说,你可以把饭菜收拾掉了。"

接着,宗助把先前那只气球不倒翁从地席上捡起来,放在食指尖上,同时说道:"真是妙极了。你看,它竟然能如此稳当地立着!"

阿清从厨房出来,把杯盘狼藉的食器连同餐桌一起撤去之后,阿米也为换泡新茶而到邻室去了。于是,只剩下弟兄俩相向而坐。

"啊,现在多么干净。一顿饭刚吃完时,实在脏不可言哪。"宗助显出对餐桌毫不留恋的神情。阿清在厨房里笑个不停。

"阿清,什么事这样好笑呀?"隔着拉门传来了阿米的询问声。阿清只答应着"哎",还是忍俊不禁。弟兄俩一声不吭,多半倒是在倾听女仆的笑声了。

不一会儿,阿米两手端着点心碟子和茶盘出来了。她从包着藤皮的大茶壶中,把不伤脾胃也不会提神的粗茶注入大如茶具的碗里,摆到弟兄俩的面前。

"什么事那样好笑?"宗助问阿米。不过他的眼睛不是望向妻子,而是看着点心碟子。

"因为看到你买来了这种玩具,还兴致勃勃地摆在手指头上欣赏呀。孩子都没有,却……"

宗助好像不在意似的低声说:"是吗?"然后慢慢地补充道,"不过我本来是有孩子的呀。"他说时好像在品味着自己这句话似的,抬起柔和的眼神望着妻子。阿米顿时默然了。

"我说,你吃点心呀……"不一会儿,阿米同小六搭话了。

"哎,我会吃的。"小六答道。

阿米听而不闻似的,拔腿就往吃饭间去了。又剩下弟兄俩相向而坐。

因为地处由电车终点站步行约二十分钟才能到达的高岗地区的腹地，所以虽然是黄昏时分，周围已非常寂静。街上不时传来浅齿木屐的响声，夜晚的寒气渐渐厉害起来。

宗助袖着双手问道："白天虽然还暖和，到了晚上就一下子寒气袭人了。学校宿舍里已经有暖气了吧？"

"不，还没有。在学校里，不是大冷天，绝不会烧暖气的。"

"是吗？那就得挨冻了。"

"嗯。不过受点儿冻嘛，我倒并不在乎……"小六说着，有点儿欲言又止的样子，最后终于下了决心，说道，"哥哥，佐伯那里究竟怎么样了？方才听嫂子说，你今天发了信去啦……"

"嗯，发了。两三天里总会有回音的吧。让我看情况再去走一次就是了。"

小六心里很不满意地望着哥哥那一副若无其事的态度。但是宗助的神态上没有任何足以刺激他人的地方，也没有要自我庇护的卑怯之态。所以小六更没有表示责怪的勇气了。

"这么说来，迄今为止还是老样子啰？"小六只好简单地确认一下事实。

"嗯，很对不起，实际情况正是如此。信也总算是在今天写出去了。实在没办法呀，近来我神经衰弱得厉害。"宗助认真地说道。

小六见状苦笑笑，说："如果真不行，那我不如退学，索性到中国东北或朝鲜去……"

"到中国东北或朝鲜去？你可真有好大的勇气呀。不过，你方才不是还说过什么中国东北混乱之极吗？"

两人的交谈始终在这种地方来回拉锯，不得要领。

最后，宗助说："哦，行了。别那么惶恐不安，会有办法的！反正一有回音来,我会立即通知你,再一起商量商量。"

谈话就此结束。

小六回去时,顺便朝吃饭间望了望,只见阿米正无所事事地偎着长火盆。

"嫂子,再见了。"小六这么招呼后,阿米搭腔道:"哟,你回去啦。"同时费力地站了起来。

四

事情不出所料，两三天之后，使小六陷于苦恼的佐伯家送来了回信。内容极为简略，不过是婶母亲笔写的。本来用一张明信片就足够了，却郑重其事地用了封口的信，贴了三分钱的邮票。

宗助从机关下班回家，把紧身的筒袖工作服扒下来，换了衣服刚在火盆前坐下，看到抽屉处插进了一封特意留了一些在抽屉外的信。宗助喝了口阿米斟好端来的粗茶，立即启封看信。

"哟，安弟到神户去了啊。"宗助一面看信一面说。

"什么时候的事？"阿米就这么保持着把茶碗端到丈夫面前时的姿势，问道。

"信上没写具体日期，只是说反正不久就回东京的。看来就会回来的吧。"

"什么'不久就怎么、怎么'的，毕竟是婶母的说话口气呀。"

对于阿米的这种看法，宗助不置可否，而是径自把看过的信卷好，随手一扔，摩挲着自己那四五天没刮过胡子的脸颊，感到有些扎手。

阿米随即把信拾起来，却不大想读，只是把信放在膝上，望着丈夫的脸。

"信上说不久就要回东京，这算是什么意思呢？"阿米问。

"那就是说,一俟回来就同安之助商谈,然后当来拜访。"

"这'不久就要'嘛,真够含糊的。应该写清楚什么时候回来嘛……"

"是啊。"

阿米出于慎重,把膝上的信纸展开来读了读,然后按原样折起来。

"请把那信封拿给我。"阿米把手伸向丈夫。宗助拿起位于自己同火盆之间的蓝色信封,递给妻子。阿米朝信封中"噗"地吹了口气,使封口张开,把信纸装进去,然后到厨房去了。

宗助就此把来信的事抛到脑后,不再理会了。他想起今天在机关上班的时候有同事谈及"在新桥旁碰见了不久前从英国来日本的基钦挪尔[1]元帅",似乎成了那样的人物后,走遍全世界都会引起社会的轰动,不,实际上这种人也许生来就是那样的人物吧。宗助把自己迄今为止在人生道路上的遭遇以及紧接着将在自己眼前展开的未来,同基钦挪尔这种人物的境遇对照着比较了一下,觉得真是不可同日而语。

宗助心里这么想着,同时不停地抽着香烟。屋外,自傍晚起刮风了,传来的风声仿佛是从远方认准目标奔袭而来似的。风不时停歇一下,碰到这种间歇时,显得寂静极了,竟比狂风大作更觉凄惨。宗助抱着两臂,想到现在已临近鸣警钟防火灾的时节了。

宗助走到厨房看看,见妻子把炭炉烧得很旺,在炒鱼片;阿清则弯着腰在水槽那里洗着咸菜。这两个人都一声不吭,专心致志地干着自己的事。宗助推开拉门,站着听了一会儿从鱼片上滴下油汁的声音,然后默默地关上拉门,回到原来的坐处。妻子是目不转睛地只顾炒菜。

---

[1] 基钦挪尔(1850—1916),英国将军。1909年在任印度军总司令时,曾到日本参观大演习。在第一次世界大战中战死。

吃过饭后，夫妇俩面对火盆相向而坐。

"佐伯家那里真伤脑筋哪。"这时阿米又搭讪道。

"嗯，毫无办法。看来只好等安君从神户回来再说了。"

"是不是先去见一见婶母，把事情说一说呢？"

"是啊。哦，我想这几天应当会有消息来的，暂且等一等吧。"

"小六弟要生气的呀，你说是不是啊！"阿米特别提醒丈夫注意这一点之后，微微一笑。宗助垂着眼，把手中的牙签插到和服的衣襟上。

隔了一天，佐伯家总算来了信，宗助便写信告诉了小六，并在信末按常例添上了表示这几天大概会有着落的话。这么一来，宗助感到在这件事上暂时松了口气。宗助的脸上露出"在事情的自然趋势未再逼至眼前时，还是把这事忘掉，免得烦神"的神情，每天到时候上班、到时候下班。他下班回家已经不早，一般回家后就懒得再出去了。来客几乎没有。没什么其他事情的时候，他就在十点钟之前让阿清去睡了。夫妇俩每天晚饭后都要面对面地坐在火盆的两侧，作一个小时光景的闲聊。话题不外乎日常生活上的事。不过从来不谈及诸如"这个月底如何付清米款"之类的家计窘境，也不作青年男女间那种艳情蜜语，关于小说或文学评论方面的话就更不用说了。他俩的岁数都不算大，却已像是那种过来人似的，天天过着朴实无华的日子。看上去，好像一开始就是两个极平常、极不显眼的人为了结为例行的夫妇关系而凑合到一起来似的。

从表面上看，夫妇俩都是无忧无虑的人。从他俩对小六的事情所表现出来的态度，就不难想象了。但阿米毕竟是个女流，她曾经提醒过宗助一两次："安弟还没有回来吗？你这个星期天去番町走一次行不行……"

"嗯，去一次也好。"宗助只是这么回答而已。等到这"去一次也好"的星期天到来时，却又像忘掉完事了。阿米见状也没有责难的表示。

如果哪天碰上好天气，阿米就说："去散一会儿步吧。"碰上刮风下雨，又会说，"今天幸好是星期天哪。"

总算走运，小六此后没有来过。这个青年人有些神经质，执拗得很。他一旦有什么想法，绝不肯半途而废。这与学生时代的宗助十分相像；但有时也会突然变卦，现出把昨天的事完全忘却的神情。毕竟是同胞弟兄，凡此种种，小六极像早年的哥哥。此外，小六的思路比较清晰，他是把感情掺进了思路呢，还是在感情上套了理性这个框框呢？这虽然不得而知，但是不讲清楚理由，小六绝不罢休；如果理由充足，他就一心要使这些理由起到作用。加上他的精力充沛，在程度上超过了他的体质强度，所以大都能凭他那年轻人的血气行事。

宗助每次看见弟弟小六，总感到那是昔日的自己再次活生生地出现在自己眼前似的。宗助有时候会产生惴惴不安的情绪，有时又会觉得心里很不痛快。遇到这种情况的时候，宗助心里就会想："这是不是上苍故意把小六摆在我眼前，以便尽量反复地唤醒我对往事的苦痛回忆呢？"这是多么可怕！"难道我这个弟弟就是为了重蹈我的命运而降临人世的吗？"想及这一点，宗助越发感到惴惴不安了。有时候毋宁说是感到很不愉快。

但是迄今为止，宗助既没有对小六提出过什么说得上是意见的话，也没有对他的前途指点些什么。他对待弟弟的态度，是极其平庸的。宗助现在的生活是消沉的，以致不能想象他是一个有过那种过去的人，他在对待弟弟的态度上，也不大摆出自己乃是有过什么不凡经历的长者腔。

在宗助同小六的中间，本来还有两个兄弟，但是都过早地夭折了，所以这兄弟之间竟相差了十岁光景。再说宗助在大学一年级的时候因故转学京都，兄弟俩一起生活的日子遂告结束，那时小六是十二三岁。那时候小六是一个脾气犟、不听话的捣蛋鬼，这使宗助至今记忆犹新。当时父亲还活着，家境也不坏，家中的下房里还住有长雇的包车夫，一家的生活过得很宽裕。包车夫有一个比小六小两三岁的孩子，这个孩子老是同小六在一起玩。有一年夏天，太阳火辣辣的，两人在长竹竿的一端安了个装点心的袋子，到大柿树下捕蝉。宗助见状，叫道："小阿兼，你这样脑袋顶着太阳，会中暑的啊。喏，把这个戴上！"说着，把小六的旧凉帽给了那个孩子。小六见哥哥把自己的东西擅自给别人，很恼火，一下子夺过孩子接下的帽子，摔到地上，同时一个箭步踩住帽子，把一顶麦秸草帽踏得不像个样子。宗助赤着双脚从廊庑上奔下来，揍了小六的脑袋。自此以后，小六在宗助的眼睛里就成了一个可恶的坏孩子了。

　　二年级的时候，宗助无可奈何地离开了大学，而且不能回东京的老家。他从京都径直去了广岛，在那儿生活了半年光景，父亲去世了。母亲是六年前先于父亲去世的，所以老家只剩下两个人：一个是父亲的小老婆，二十五六岁；一个是小六，十六岁。

　　宗助接到佐伯家拍来的父死讣电，回到了阔别已久的东京。在葬仪等事宜了结后，宗助觉得应把家务处置一下，清查之后，发现家底竟出乎意外得可怜，而且债台高筑，简直令人大吃一惊。他去同叔叔佐伯商量，说是别无办法，只好卖房子。最后商定，付一笔钱给父亲的小老婆，打发她立即离开这里；小六嘛，则暂拜托叔叔家照顾。但是，主要的问题——那房产绝不是想卖掉就顿时可以脱手的。无奈之下，宗助只好央求叔叔暂且张罗一下，先把眼前的难局打发过去。叔叔这个人染指过各种事业，都失败了，可以说是个爱冒险的事业家。宗助从前在东京的时候，叔叔会时常把事情说得天花乱坠，说动宗助的父亲拿出钱来。宗助的父亲也可能有他自己的贪欲，但他掷到叔叔事业里的钱，确实相当可观。

在父亲已经去世的当时，叔叔的情况好像没多大改变，不过碍于父亲生前的情谊，加上这一类人的一般规律——碰上某些场合，还是表现得比较能够通融的。叔叔很爽快地接受了侄子的委托。而宗助就把变卖房地产等一切事宜，交给叔叔全权处置了。换言之，宗助仿佛是把房地产当作急于取到钱而给人的一种报酬似的献了出去。

"反正我看哪，要是没找着这些东西的合适买主而卖掉的话，是会吃亏的呢。"叔叔说。

至于家具之类只会占地方而又不值钱的东西就悉数出卖了，只有五六幅挂轴和十二三件古董交付叔叔保管，宗助接受叔叔的意见——还是耐心地物色到适当的需求者再卖，以免吃大亏。除去一切开支后，宗助那次净得了两千元左右。但是，还必须从中拿出一部分来给小六作学费，如果将来分月邮寄给弟弟，那么，在自己尚未站稳脚跟的当时来说，恐怕会陷于难以兑现的局面。所以，宗助虽然感到有些进退两难，还是断然分了一半钱交给叔叔，作为照料小六之用。他想，自己已经半途失学，至少该让弟弟就学成材；并且抱着一线很不可靠的希望——手头这一千元钱用完后，总有办法可想的，也有可能从别人那里得到些钱的——回广岛去了。

大概是半年之后吧，叔叔寄来了一封亲笔信，信上说："房子终于卖掉了，请放心。"但是压根儿不提卖了多少钱之类的话。宗助回信去询问，隔了两个星期才来了回音，说是"反正足够还清上次垫付的款子，别挂念就是了"。宗助看了这封回信，颇感不满，但是见信里还写着："详情日后面告……"便想立即到东京去一次。他半带商量地对妻子说："其实是这么回事……"阿米现出了不胜同情的神色，说："不过，你去不了呀，真没办法呢。"她又照例笑笑。宗助这时才像是从妻子嘴里听到宣判的人似的，抱紧着两臂沉思了一会儿，确实，自己是处于绞尽脑汁也无法摆脱的境遇之中，只好听其自然了。

事不得已，又通了三四次信，结果毫无新的进展，对方的回信老是像印出来似的，一味重复着"详情日后面告……"的话。

"你看，毫无办法啊。"宗助现出一肚子气恼的神情，看着阿米。大约三个月之后，宗助总算碰上了机会，可以带着阿米到阔别已久的东京去一次。不料在出发前夕受了风寒，只好卧床。后来竟转为伤寒症，在病床上躺了六十多天，病后衰惫得厉害，又有个把月无法好好工作。

等到身体康复没多久，宗助竟又不得不离开广岛搬到福冈去了。宗助本想利用搬移之前的好机会，到东京去一次，但又碍于种种的事情而未能如愿以偿，只好把自身的命运系到了下行列车[1]上，奔赴福冈而去。这时候，他从东京带来的那笔典卖房地产的钱已经花得所剩无几了。在福冈生活了两年光景，日子过得拮据不堪。宗助时常缅怀自己在京都求学时，可以随时以各种借口向父亲索取大笔的钱来随心所欲地花费，同眼下的情况对比一下，不免感到一种受因果宿命所控制的恐惧。有的时候，宗助暗中回顾一下已经逝去的青春，就会像如梦初醒时眺望远处的烟霞似的，领悟到那是自己的荣华正处在顶峰的时期啊。

宗助在苦恼不堪的时候，会对妻子这么说："阿米，事情搁置了很久了，上东京去交涉试试怎么样？"

阿米当然是不予拦阻，只是垂着两眼，有点儿忧虑似的答道："看来是徒劳啊。因为叔叔这个人太靠不住了。"

"也许对方认为我们靠不住呢，而我们又认为对方靠不住。"宗助先是自以为是地说道。但是望望阿米低垂着两眼的样子，顿时又显得有些气馁了。

这样的对话，起先是每月出现一两次，后来是两个月出现一次、

---

[1] 从东京出发往地方去的列车被称为下行列车，相反则称为上行列车。——编者注

三个月出现一次，再后来，终于出现了这样的对话："算了，算了。只要小六能得到照顾就行。别的事嘛，哪一天上了东京，当面总能解决的呀。嗯，阿米，这样不就行了吗？"

"这当然行啊。"阿米答道。

宗助便不去理会佐伯家那头的事了。他觉得，即使从自己的过去来说，也不能贸然向叔叔启口索取钱。所以有关这方面的事情，宗助始终不曾在信上交涉过。小六虽然时常有信来，也多是极短的形式性的话。宗助脑海里的小六形象，一直是父亲去世时在东京所见到的一个不懂事的小孩子的形象，也就当然不会产生让这样的孩子作代理人去同叔叔交涉的念头。

宗助夫妇宛如在沐浴不到阳光的世间抱在一起取暖御寒的生物似的，相依为命地生活着。

碰到艰辛难挨的时候，阿米总是对宗助这么说："唉，日子真是没法过哪。"

宗助听后，就对阿米说："我说，还是忍耐忍耐吧。"

两人的生活里，总是笼罩着这种"听天由命""忍耐忍耐"的气氛，几乎看不到"未来""希望"的影踪。他俩不大谈往昔的事，有时甚至像是商量好似的，有意避开这个话题。

阿米有时像慰藉丈夫似的说道："我看不久一定会好的，不能老是这么一味地倒霉下去吧。"

宗助听了这话，简直感到这是命运的毒舌借着真挚的阿米之口在嘲弄自己，便一声不吭地只报以苦笑而已。要是阿米没有留意到而继续说些什么，他又会怫然地说："难道我们连期待日子稍稍好转的权利都没有吗！"

妻子这才觉察有异而闭上嘴不作声了。于是夫妇俩相对而坐，默默无言，不知不觉地让自己陷在那自己造就的"往昔"的大黑窟窿里了。

他俩自作主张地抹掉了自己的未来，绝望地认为不会有美好的前途，只是这么手携手地生活下去罢了。对于由叔叔卖掉的房地产，他俩本来就不抱多大的期待。

但是宗助时而会想到似的说："不过，依照近来的行情，即使大甩卖，也要比叔叔那时作给我们的价钱多一倍呢。真是太不公道了。"

阿米听后，会凄然而笑地说："你又提这些事啦？怎么老是丢不开呢！当时还不是你自己拜托叔叔，一切请他照料的吗？"

"那时候毫无办法呀。当时若不那样做，事情解决不了啊。"宗助说。

"对呀。所以叔叔当时很可能认为这些房地产是作为他拿出钱来救急的代价呀。"阿米说。

宗助听阿米这么一解释，似乎觉得叔叔的做法也不无道理。可是嘴上还要为自己辩护："他那么认为总是不像话的吧。"但这个问题的轮廓毕竟是谈到一次而淡薄一次了。

夫妇俩就这样寂寥而和睦地生活着。到了第二年的岁末，宗助同一个名叫杉原的同班老同学不期而遇。两人在学生时期情谊甚密。杉原毕业后参加高等文官考试及格，眼下在某个部里任职，因公事到福冈和佐贺出差，特意从东京来此地。宗助在当地的报纸上看到了这一消息，很清楚杉原是什么时候抵达这里和在什么地方下榻。然而宗助自惭形秽，觉得失败者在成功者面前是低人一头的，而且宗助本就要特意避开同旧时学友的见面，所以压根儿不想到杉原下榻的旅馆去拜访。

但是杉原方面却从某种不寻常的关系，探悉宗助在这儿过着清贫的日子，坚决要同宗助晤面。宗助不得已，只好放弃了初衷。而现在宗助之所以能从福冈移居东京，完全是借助了杉原的力量。

当宗助接到杉原的来信，获悉事情都已办妥，便放下正在吃饭的筷子,说道:"阿米,去东京的事终于成了。"

"啊,那好极了。"阿米望着丈夫的脸。

在到达东京后的两三个星期里,宗助夫妇忙得焦头烂额。大凡重新安家落户、着手新的工作的人,无不由于日常事务的繁忙和夜以继日受市嚣的刺激,弄得对什么事情都无暇好好想一想,也无法从容而有计划地进行。

夫妇俩乘晚间的火车到达新桥站,见到了分别多年的叔叔和婶母。也许是灯光的关系吧,宗助觉得叔叔和婶母的神情并不欢快。老夫妇俩显出一副等得很不耐烦的样子,仿佛火车因中途碰到了意外而晚点了半个小时乃是宗助的过错似的。

这时婶母说了这样一句话:"哟,阿宗,这些年不见面,你可真是见老不少啊。"

阿米便是在这种情况下,由宗助介绍,第一次拜见叔叔和婶母的。

"这就是那个……"婶母游移了一下,望望宗助。阿米什么寒暄的话也不想说,只是默默地行了个礼。

小六当然是随同叔叔、婶母一起来接宗助夫妇的。宗助一眼瞥见小六,顿时吃了一惊,想不到弟弟已经长得这么大,简直超过自己了。其时,小六已经初中毕业,正打算进高级中学。他同宗助见面时,既没叫声"哥哥",也没寒暄一句"你回来了",只是笨拙地点了点头。

宗助和阿米先在旅社住了大约一个星期,然后才移居现在的这个住处。在这段时期里,叔叔和婶母从各方面照料了宗助夫妇。老夫妇表示:"那种琐碎的厨房用具之类的东西就不必买了,旧的尚能对付着用的话……"于是送来了足够小家庭用的全套用具。

"你们是重起炉灶,要花费钱的地方一定不少。"于是,老夫妇俩又给送来了六十元钱。

宗助夫妇有了新家，在忙乱中，不知不觉半个多月过去了。而对于没上东京来时那么耿耿于怀的房地产事项，竟然至今没向叔叔提起过。

"我说，你没向叔叔提过那事吗？"有一次阿米问宗助。

宗助仿佛这才想起来似的回答说："嗯，还没有提过。"

"这可奇怪了。你那么放心不下，怎么……"阿米嫣然而笑。

"可是……我没有空闲同叔叔好好地谈这件事呀。"宗助作着辩解。

又是十天过去了。

"阿米，那件事我还没有提。我觉得真够烦的，不想提它了。"这次是宗助主动同阿米说了。

"你不愿谈，我看就不必勉强了。"阿米答道。

"这行吗？"宗助反问。

"你是问我行不行？这本来就是你的事嘛。我本就是无可无不可的啊。"阿米回答。

"嗯，我是觉得一本正经地提出来的确有些别扭，还是改日有机会时再提吧。嗯，不久一定会有机会问问看的。"宗助说。事情就这么拖延着。

小六生活在叔叔家中，并没有什么不满意。如果通过考试能进入高级中学，就得住读。为此，小六似乎已预先同叔叔商量过了。小六也许是觉得新来东京的哥哥不能特别顾及自己的学费问题吧，所以有关自身前途的事，同叔叔交谈得最为亲切。小六同堂兄弟安之助的关系也一直非常好，倒好像是亲兄弟似的。

宗助自然而然地不大上叔叔家中走动了。偶尔去一趟，也多为礼节上的应酬，所以每次在归路上都甚感无谓。后来发展成真想只寒暄几句就回来。宗助感到在这种场合坐下来闲聊半个小时，实在是如坐针毡。对方也显得有点儿不自在。

"哟,再坐坐吧。"婶母照例是这么留客。而宗助在这种情况下更加坐不下去了。不过,隔一段时期不去一次的话,宗助又会感到于心不安,所以还得去。

"小六真是多蒙照顾了。"宗助去时,往往主动行礼致谢。但是有关弟弟日后的教育费问题以及自己远游他乡而拜托叔叔卖去房地产的价款问题,宗助终感难于启口。但是,宗助一面对去叔叔家不感兴趣,一面又要不时勉强去走一次。很明显,这并不是单纯地为了维持叔侄关系而抱有什么世俗性的义务心理,而无非是想伺机解决一下梗在心中的事情。

"阿宗可真是完全变了个人哪。"婶母曾经对叔叔这么说。

"是啊。毕竟是因为有过那种事嘛,这种伤痕大概永远不会消弭啦。"叔叔回答。好像因果报应不胜令人心寒似的。

"实在可怕啊。阿宗本来是个活泼得乱蹦乱跳的孩子,不是这么没精打采的。这两三年来没有见面,谁知竟会未老先衰,变得像是换了个人。眼下看来,似乎比你这个老头儿还要老些呢。"婶母又说道。

"不至于吧……"叔叔答道。

"不,且不说他的脸相,你就看看他那神态吧。"婶母还是要辩解。

自宗助上东京来之后,上面的这番对话已经在老夫妇之间有过好几次了。实际上宗助每次到叔叔家去,举止也确实像老夫妇所感觉的那样。

阿米自到达新桥时见过老夫妇俩一次后,迄今不曾踏进过叔父之门。也不知她是怎么想的。从老夫妇俩的角度来看,侄媳妇虽然在拜识长辈时彬彬有礼地叫过"叔父母大人",但是分手时老夫妇俩对她说"欢迎你常来",她只是低头致意地答了一句:"谢谢。"而迄今一次也不曾去过。

"我看你还是到叔叔家去一次吧,你说呢?"后来连宗助也这么动员过她一次。

但是阿米神情异常地答道:"可我……"

宗助见状,也就从此不再提了。

两家人家就在这种状态下过了一年左右。这时候,一向被认为精神状态比宗助年轻的叔叔突然死了,患的是一种名叫脊髓性脑炎的急症,只是像患了感冒似的在床上躺了两三天,那天上过厕所回来想洗手时,竟手持水勺子昏倒了,不到一天的工夫就咽了气。

"阿米,叔叔竟什么话也没留下,就这么死了。"宗助说。

"你是老不死心,总惦念着向叔叔询问那件事啊!也真够执着呀。"阿米说道。

大概又过了一年吧,叔叔的儿子安之助大学毕业了,小六也已是高中二年级的学生。婶母同安之助一起迁居中六番町。

在第三年的暑假里,小六去房州的海滨洗海水浴。他在那里住了一个多月,就跨入九月份了。他由保田径朝对面插去,由上总海岸沿九十九里浜到了铫子,可是忽然像想起了什么事似的,就此由铫子回到了东京。小六到宗助的家中去,是在回到东京两三天后一个天气还十分热的下午。小六的脸被太阳晒得黑油油的,神采奕奕,一派南方土人的样子,简直叫人不认得了。小六走进那间平时不大能晒到阳光的客堂,一头躺下,静候哥哥回家来。他一眼瞥见宗助回家的影子,立即站起来。

"哥哥,我有点儿事要找你谈谈。"小六猝然很认真地说。

宗助带着些惊讶的神情,顾不得去换下身上那件颇感闷热的西服,听小六叙说。

据小六说,两三天之前,也就是他从上总回来的那天晚上,婶母正式通知他:"你的教育费用到今年年底就完了,虽然很过意不去,但也没法再给了。"小六是在父亲一死,就由叔叔领养的。这些年来,小六不愁上学,不愁吃穿,还能得到一定的零用钱,所以日子过得挺自在,仿佛同父亲在世时一样,以致养成了一种依赖心,因此在这天晚上之前,头脑里根本就没有出现过什么教育费之类的问题,眼下听婶母这么一宣布,简直不知如何对答才好了。

婶母毕竟是女人家,花了一个小时之久,不无同情似的向小六仔细解释了为什么无法再予以照料的缘由。说是什么你叔叔突然去世啦,家庭经济上随之发生了变化啦,以及安之助的毕业和毕业后面临的婚姻问题等都接踵而至啦。

"我是想尽力而为,至少让你念到高中毕业,因此想方设法维持到了今天,可是……"

小六对哥哥复述着婶母的话。又说,自己当时忽然想到哥哥当年来东京料理父亲的后事,在事毕要回广岛的时候,曾对自己说过这样的话:"你的教育费,我已交给叔叔了。"因此自己向婶母提起了这一点。

可是婶母听后,露出吃惊的神情,回答说:"这个嘛,阿宗当时是留下了一些钱,而这笔钱早已用完了呀。在你叔叔还活着的时候,你的教育费已经是设法垫上的啦,所以……"

小六当年没有问过哥哥"自己名下的教育费一共有多少数目,交给叔叔时又是说好供多少年用的",所以听了婶母这一席话后,他是一句话也答不上来。

但是婶母最后补加了这么一番话:"你又不是孑然一人,你还有哥哥在嘛,我看你可以去找他谈谈。而我呢,我见到阿宗,也会把事情的原委仔细告诉他的。近来,阿宗不大到这儿来,我也好久没碰到过他了,所以你的事情嘛,我就没能同他谈啦。"

宗助听小六把事情讲完后,只是瞅瞅小六,吐出了一句话:"真伤脑筋!"

宗助既没有往昔那种顿时怒从中来、立即去找婶母交涉的情绪，也没有因为弟弟一改以往认为无须哥哥关心也照样过日子而有所疏远的态度，就表现出讨厌的样子来。

小六面对自己一厢情愿安排而就的美好前程已有一半处于崩溃的现状，抱着这都像是旁人所造成似的态度，心乱如麻地辞别了宗助。宗助目送着小六的身影，站在光线不足的正门门槛上，朝格子门外的斜阳望了好一会儿。

当天晚上，宗助从后面庭园里剪来了两张大大的芭蕉叶子，铺到客堂间外的廊庑上，他同阿米并排坐在上面，一面乘凉，一面谈着小六的事情。

"婶母是不是打算要我们今后照料小六？"阿米问道。

"嗯，在没有当面听她谈出来之前，无法知道她打的什么主意啊。"宗助说。

"肯定是这么回事呢。"阿米接口回答，同时在背光的暗处啪嗒啪嗒地摇着团扇。

宗助不再吭声，伸长脖子注视着露在屋檐同山崖间的那条窄窄的蓝天。夫妇俩就这么沉默了好一会儿。

"不过，这样做也太过分了吧。"阿米又启口说了。

"凭我现在的能耐，是根本无法支持一个人念完大学的。"宗助毫不隐讳自己的能力。

谈话就此转到别的事情上去了，而且再也没有回到与小六、与婶母有关的方面来。过了两三天，恰好是星期六，宗助由机关回家，顺路到番町的婶母处去了一下。

"哟，今天可真是难得呀。"婶母说道。她接待宗助，比往常殷勤得多。宗助克制着厌恶情绪，把这四五年来憋在心里的问题向婶母吐了出来。婶母听后，当然竭尽全力地辩解一番。

据婶母的说法，叔叔把宗助的房地产悉数卖掉时究竟到手多少钱，已经印象模糊，不过有一点是清楚的，那就是扣除宗助当时派急用而借下的钱之后，余下的钱，不是四千五百元就是四千三百元。但是叔叔认为：这房地产是宗助典给他的，不论余下多少钱，把那余下的部分看作是他的所得，也是受之无愧的，但想到会被人议论，以为是从典卖宗助的房地产中赚了钱，心中感到很不安，于是用了小六的名义，代管着这笔钱，算是小六的财产——这样一来，宗助简直像一个被废黜的继承人，无权得到一个铜板了。

"阿宗，你别不高兴哟，我只是照原样复述你叔叔的话啊。"婶母特意声明。宗助没有吭声，听婶母往下讲。

"说来不幸，以小六的名义代管的这笔钱，由叔叔经手，很快买进了一所坐落在神田的繁华大街上的房子。不料这所房子在尚未办理保险手续的时候，竟遭火灾而烧毁了。这件事当初没告诉小六，后来就索性继续瞒着，有意不让小六知道了。

"所以嘛，事至如今，尽管万分对不起你阿宗，这也是无可挽回的事，毫无办法。命运如此安排，你就想开些吧。当然，要是你叔叔能活着，好歹总还有些办法，你说是吧？我想，多一个小六又算得了什么呢！再说，即便你叔叔已去世，如果我眼下的境况还能过得去，我可以把相当于那所被烧毁的房子的东西还给小六，纵然做不到这样，至少也可设法培养他到学校毕业的，然而……"

婶母说到这里，向宗助谈起了一项内幕情况，也就是有关安之助的职业问题。

安之助是叔叔的独生子，小伙子今年夏天刚刚大学毕业。安之助在家娇生惯养，与他有所交往的人，只有那些同班的同学。因此，安之助对待社会上的事情，毋宁说是迂阔的。但是在这种迂阔之中，却也具备着某种落落大方的风度。他就是以这样的面貌出现在社会上的。安之助学的是工科，专业是机械学。虽说眼下的企业建设正处于低潮阶段，但是偌大个日本尚有许许多多的公司，其中当然不无一两处是能同他对口的。然而安之助的身上大概是潜有某些遗传的冒险心理，他极想当个创业者。恰巧在这个时候，他邂逅了一位比自身年资高的同科毕业生，这位老大哥在月岛那边办了个规模不算大却是自己独立经营的工厂。安之助利用这个机会，经过商谈，决定在对方的厂中入股，一起经营。婶母的所谓内幕情况，就是指的这件事。

"嗯，家中仅有的一点儿股票都转投到这方面去了，眼下简直可以说是家无分文哪。在别人的眼里看来，认为我家人口少，持有房地产，生活一定很宽裕。人们这么看，也是难怪的。不久前，阿原的母亲来这儿时就说道：'哦，论舒适，你们可数第一啦。我每次来，总看到你在专心致志地清洗万年青的叶子呢。'她也真会信口开河呢。"婶母说道。

宗助听了婶母的解释后，不由得直发愣，一时无言以对。他自觉这是自己患有神经衰弱症的缘故，证明自己的脑袋已无法像从前那样逢事能马上作出敏捷、明快的判断了。婶母好像是觉得宗助并不相信她方才所说的话，就把安之助入了多少钱的股也说出来了——大约是五千元，而安之助眼下就不得不靠着那为数不多的工资以及这五千元股份的红利过日子。

"而这种红利呢，到底怎么样还很难说。顺当的话，也只能拿到股款的一成或一成半吧，一旦有什么意外，说不定就成了泡影。"婶母附上了说明。

宗助觉得婶母并不像是那种死要钱的人，所以感到难以对付。但是自己对小六今后的问题只字不提就一走了事，也实在于心不甘。于是，宗助不再理会方才的那些话，而追问起当年留交叔叔作小六的教育费的那一千元钱来。

婶母听后,答道:"阿宗,那笔钱是完全用在小六身上了啊。光从小六进高级中学算起吧,这样那样的也已经花费了七百元啦。"

宗助又顺势问起当年同时委请叔叔保管的书画和古玩的去向。

婶母答道:"说起那些玩意儿嘛,可真是一肚子晦气呢。"然后看看宗助的神情,问道,"阿宗,这是怎么回事?难道这件事情他不曾对你说过吗?"

宗助回答说:"没有。"

"哎哟哟,这么说来,是你叔叔忘了告诉你啦。"

婶母接着把事情的经过讲给宗助听。

宗助回广岛去之后,叔叔立即委托一位叫真田的熟人代为物色买主。据说这个熟人素谙书画古董这一行,平时为接洽买卖这些东西而四处活动。此人立刻接受了叔叔的委托,没隔多久就对叔叔说,某某人很想买件什么,得看一看货色;某某人亟望得到某件东西,给看看实物吧。不料这位熟人把东西拿走后就不拿回来了。催催他呢,就推托说对方还没有还来什么的,总是含糊其词。最后呢,看看搪塞不过去了,便一躲躲到什么地方,避而不见了。

"不过嘛,现在还有一架屏风在这儿。前一阵子搬家的时候,阿安注意到了这东西,还说过:这是宗哥的,日后有机会便送去还了吧。"

婶母在话里表现出根本不稀罕宗助寄存的这种东西。宗助呢,他觉得一直把东西搁在别人家中,时至今日,本已不抱多大兴趣,所以看到婶母一点儿没有自疚的神色,倒也不怎么气恼。

可是婶母又说道:"阿宗,这东西放在这里,我们也没有用处,我看你还是拿回去吧,你说呢?不是说近来这种东西很值钱吗?"

宗助听后,觉得把它拿回去也好。

东西由堆房里搬到亮堂的地方,宗助一看,确实是那两扇颇眼熟的屏风。屏风的下端画满了胡枝子、桔梗、芒草、葛藤和败酱草,在这些植物的上面有一轮银色的明月，旁边空出来的地方题有"野径月空败酱草其一[1]"。宗助以膝支地，仔仔细细察看那以行书落的款——"抱一[2]"。这个落款是题在一个大如豆馅年糕那样的红色圆圈里，位于银色已经发黑发焦的地方，色泽犹如叶背翻在外的已经发干的葛藤叶子。这时候，宗助情不自禁地想起了当年父亲在世时的情景。

每逢过年，父亲一定要把这架屏风从光线不足的堆房里取出来，立在正门里面起遮挡作用，并在屏风前置紫檀木的方形名片箱，供拜年的人投放。那时候，为了表示吉祥如意，客堂间里的壁龛前一定悬挂一对老虎画轴。父亲曾告诉过宗助，说画轴的作者不是岸驹[3]而是岸岱[4]。这事宗助至今记忆犹新。画轴上那伸出舌头在喝溪水的老虎鼻子上被墨汁玷污了一些。父亲为此感到非常惋惜，每次看到宗助，就说什么你难道忘了墨汁是你涂上去的吗，这是你小时候淘气的杰作！说着，父亲现出一种啼笑皆非的神情。

宗助在屏风前正襟危坐，回味着自己往日在东京生活的情景，说道："婶母，那么，这屏风我就拿回去啦。"

"噢，噢，当然该拿回去。你看是不是让人替你送回去呢？"婶母好意地补充道。

宗助拜托婶母酌情办理，这天便就此告辞回家了。晚饭后，宗助又同阿米一起到廊庑上乘凉，两人的白色夏季和服在昏黑处显现出来。他俩谈起了白天的事情。

"你没有碰见安弟？"阿米问道。

"哦，说是安弟每天要天黑才离厂回家，星期六也不例外。"

---

1 其一（1796—1858），画家，本名铃木元长，是酒井抱一的学生。
2 酒井抱一（1761—1828），画家，后出家为僧，也擅诗歌。
3 岸驹（1749—1838），曾任宫廷画家，创立独特的写生技法。
4 岸岱（1782—1865），岸驹的长子，也是画家。

"真是够受啊。"

阿米就这么感慨了一句,而对叔叔和婶母的所作所为,不置任何褒贬。

"小六的事,怎么办呢?"宗助问道。

"是啊。"阿米没再多说。

"若是评起理来,我们这一边是有理由的,不过一旦交涉起来,最后只能诉诸法律解决,而我们手上一点儿证据也没有,又非输不可啊。"宗助从最极端处着想。

"不能胜诉也没关系嘛。"阿米接口说道。

宗助听后,只是苦笑笑。

"反正都怨我那时候没能上东京来呀。"

"到了能上东京的时候嘛,事情又太晚啦。"

夫妇俩这么交谈着,从檐下望望呈狭长形状的天空,聊了聊明天的天气会怎么样,便进蚊帐就寝了。

到了星期天,宗助叫来了小六,原原本本把婶母说的话搬给小六听。

"婶母之所以没把详情告诉你,是因为知道你的脾气太急躁呢,还是认为你尚是个小孩而特意避而不谈呢,这一点我也搞不清楚。反正事情就是刚才说的那样啦。"宗助说。

对小六来说,不管解释得怎么详尽,他还是满腹的不乐意。

"是吗?"小六就这么应了一句,满脸不愉快地看着宗助。

"这也是无可奈何的事呀。婶母和安弟都不是怎么存心不良嘛,所以……"

"这一点我是明白的。"小六严正地说。

"那么,你是在怨我不好吧?我是很不好的。我从来就是个浑身有缺点的人。"

宗助躺下来抽烟,没有再说什么。小六也一声不吭,眼望着竖立在客堂间角上的那两扇抱一绘的屏风。

"你认得这屏风吗?"过了一会儿,宗助问道。

"嗯。"小六回答。

"这是佐伯家在前天送过来的。父亲生前的东西,眼下就剩它还在我这里。要是它可以充作你的求学费用,现在就给你。但是凭这旧屏风,总不可能让你读到大学毕业呀。"宗助说道。

接着,宗助一面苦笑一面不无感慨地说:"天气这么热,我却竖着这种东西,真像是发疯了。可我没有收藏的地方,只好如此。"

小六看到哥哥这种满不在乎、磨磨蹭蹭的样子同自己的心情实在相距太远,感到很不称心。不过搞僵时,兄弟俩倒也绝不会吵架。这时候,小六来了个大转弯说:"屏风是无可无不可的,倒是我今后该怎么办呢?"

"这就是问题的症结。不管怎么说,最好能在今年年内得到解决。嗯,得好好琢磨琢磨,我也来想想办法。"宗助说。

小六恳切地告诉哥哥:自己生性不耐烦这种不着边际的情况,就是进了学校也无法专心学习,也不能安心预习功课。但是宗助的态度依然如旧。小六显出肝火很旺的模样来。

宗助这才说道:"为了这点儿事,你都这么认真,看来到哪儿去也不会吃亏了。就是上不了学也没有什么大不了。你已经比我不知要强多少倍呢!"

事情就此告一段落,小六终于回本乡[1]去了。

宗助接下来是洗澡,吃晚饭,晚间同阿米一起去逛了附近的庙会,并买了两盆大小合适的盆栽花儿,夫妇俩各拿着一盆回到家中。

---

1 在东京都文京区。

说是应该沐浴到露水,便把位于崖下的套窗打开,把两盆花儿并排放在庭园前。

进入蚊帐的时候,阿米问丈夫:"小六弟弟的事情怎么样了?"

"还没有眉目呢。"宗助这么回答。十分钟之后,夫妇俩都进入了梦乡。

第二天早晨,一接触机关里的公事,宗助就无暇去思及小六的事情了。下班回家,尽管比较悠闲了,宗助也害怕正视这个问题而竭力躲开它,他那密盖着头发的脑袋不堪承受这么烦神的事。他想起自己从前很喜欢数学,当时可以很耐心地把相当复杂的几何习题清晰如画地储进脑袋里。所以宗助觉得很可怕——时间相去并不长,自己身上出现的变化真是太迅猛了。

然而小六的身影每天会隐隐约约地在宗助的脑海深处浮起。只有在这种时候,宗助才会想到得为小六的日后想想办法。但是常常马上打消自己的这个念头——唉,何必要如此着急呢。于是,宗助就像一颗心儿被钩子挂在胸中似的度着日子。

不知不觉间,已到九月底了。每天晚上都可以看到银河横空。一天晚上,安之助仿佛从天而降似的到来了。这真是大大出乎宗助和阿米意料之外。夫妇俩不禁揣测:大概是有什么要紧的事吧。果然,他是为小六的事来的。

据安之助所说,不久前,小六突然到月岛的工厂去找安之助,说是已从哥哥那里详悉有关自己的教育费的事情,觉得迄今为止自己一心一意埋头书本,最后竟不能上大学,这实在是遗憾至极点的事,总希望能够念完大学,即使为此借债也在所不惜,所以跑来找安之助想想办法。安之助听后回答说:"当同阿宗兄好好商量商量。"小六立即加以拦阻,说:"哥哥无论如何不是可以商量的人,他自己没能大学毕业,就认为别人中途辍学也是理所当然的。按说,这次的事情,追根溯源，哥哥该负责任，可是他竟然那么若无其事，你磨破嘴皮，他也不予理睬。所以嘛，除你之外，我是没有可以依靠的人了。当然，婶母大人已经正式表示拒绝，我还不知趣地跑来求你帮忙，这似乎有点儿滑稽。但我想，你会比婶母大人更能体察实情，因此跑来找你了。"小六是铁定了主意来找安之助的。

安之助听后，便竭力安慰小六，说："不会如此的，阿宗兄为了你的事，真是焦虑不安，最近准会再来我家交涉的。"就这样把小六劝回去了。小六临走时，从和服衣袖里拿出几张半纸[1]，说"需要交请假条"，恳请安之助为他签章，说是"自己在就学和退学的问题未解决之前，无法安心学习，所以不想每天去上学"。

安之助好像很忙，同宗助谈了不到一个小时，就告辞了。而关于小六的问题，两人没有谈妥任何具体方案。临分手时，说好"改日再碰头好好谈出个办法，最好能让小六也参加"。

阿米见没有旁人在场了，就问宗助："你是怎么考虑的呢？"

宗助把两手插在腰带间，肩部微微抬起，说道："我也很想再当一当小六这样的人。你看，我在为小六的命运可能要步我的后尘而惴惴不安，可是这位老弟就没把我这种哥哥放在眼里。了不起啊！"

阿米拾掇了茶具，端至厨房。夫妇俩没再继续谈下去，铺床就寝，梦见太空中银河高悬，发着寒光。

接下来的一个星期里，小六没有来，佐伯家也没有什么消息来，宗助的家中又回复到往日的清静状态。夫妇俩每天在朝露未干时分就起身，视线沿着屋檐向上，仰望美丽的旭日。晚间，把煤油灯置于熏竹制的灯架上面，夫妇俩坐在灯的两侧，身子映出长长的投影。每每

---

[1] 一种日本白纸。原指对开裁成的小尺寸杉原纸，后泛指这种大小的便条纸，大约是 33 厘米 ×25 厘米。

在交谈出现间隙的时候,周围只有挂钟钟摆的声响清晰可闻。

不过夫妇俩最近商谈过小六的事了。如果小六坚持要把书念完,那当然无须多言。如果不再继续求学,眼下也必须让小六搬出现在下榻的寓所。这么一来,小六又得回佐伯家,或者住到宗助这里来。佐伯家虽已表了那样的态度,但是如果央求央求,在这一点上还是会表示同情,让小六回去住的。问题是,如果让小六继续学业,每月的学费及零用钱等,就得由宗助承担,否则是说不过去的。然而从宗助的家计来看,又是无法承担的。两人把每月的收支情况做了仔细的计算。

"实在不行啊。"宗助说道。

"确实困难哪。"阿米说。

夫妇俩坐着的这吃饭间的隔壁是厨房,厨房的右邻是女仆的房间,左邻有一间六铺席面积的房间。宗助家很简单,包括女仆才三口人,阿米感到这间六铺席的房间没多大用处,便在朝东的窗下搁着自己的梳妆台。宗助早上洗漱和吃过早饭之后,只是来此地更衣。

"莫如把那间六铺席的房间腾出来让小六住,你看行不行?"阿米提议。她是这么考虑的——这样的话,我们承担了小六的住和吃,每月的其他一些费用嘛,就恳请佐伯家补助一下,那么小六就可如愿以偿,读至大学毕业了。

"衣服嘛,只需用安弟穿过的旧衣服,或把你的衣服改一改,就能对付过去。"阿米做了补充。其实宗助也有过这样的念头,但顾虑到阿米会有什么想法,遂没有积极、主动地提出来,想不到她竟先这么提议了,宗助当然不会有二话。

宗助便如实通知小六,在信里征求意见说:"只要你同意,我就再到佐伯家去商谈一下。"小六在接到此信的当晚,立刻冒着雨跑来了,雨点打得雨伞直响。小六高兴得仿佛教育费问题已有了着落似的。

"唉,婶母这个人呀,认为我们一贯对你的事漠不关心,所以讲出了那一番话。唉,你哥哥要是境况稍好的话,早就设法替你解决问题了,可是你也知道的,我们实在是无可奈何呀。我想,由我们出面去说,婶母和安弟当不至于拒绝,我敢担保一定能成功。你就放心吧。"

小六获得了阿米如此肯定的担保,又顶着雨点打在伞上的响声,回本乡去了。但是隔了一天,就跑来询问"哥哥还没有去商谈吗"。又过了三天吧,小六这次是自己跑到婶母处去了,当获悉哥哥还不曾去谈过,便去催促哥哥务必尽快走一趟。

宗助老是说"就去,就去",但是日子一天天过去,转眼间已是秋天了。这时,宗助觉得去佐伯家的事已拖得太久,便在一个秋高气爽的星期天的下午,写了一封要去番町商谈这件事的信,发了出去。婶母回信说:"安之助不在家,到神户去了。"

五

　　佐伯婶母是在星期六下午两点过了之后来访的。这天的天气反常，早上开始出现阴云，忽然之间刮起北风，冷得很。婶母伸出手，翳在竹编圆火盆的上方，说道："怎么好呢，阿米，这屋子在夏天好像颇凉快，但是接下来就有点儿冷了呢。"

　　婶母把自己的一头鬓发挽成漂亮的发髻，在外套的胸前系着古式的圆筒状带子。婶母生来嗜酒，也许是至今仍然每天晚饭时都要喝一点儿的关系吧，脸上红润润的，身上胖墩墩的，看上去要比她的年龄年轻得多。每当婶母来过之后，阿米总对宗助说："婶母一点儿不见老呢。"宗助也总是解释说："当然啰，到这年纪，只生过一个孩子嘛。"阿米觉得也许实际上是这么回事，于是听了这话之后，常要悄悄地进入那六铺席大的房间，端详着镜中的自己，总觉得自己的脸颊在日渐消瘦。阿米联想起自身和孩子的事，就感到痛苦不堪。在后面房主的住宅里，很多小孩聚在崖上的院子里，又是荡秋千，又是捉迷藏，喧闹声清晰可闻，这时候阿米心里总是感到一种幻灭和怨恨。眼下这位坐在自己面前的婶母，只生了一个儿子，这孩子便顺顺当当地长大了，成了一名出色的学士。现在，尽管叔叔已经去世，但是婶母借着有这么个儿子，脸上毫无懊丧的神色，下巴丰满得叠成了两层。

据说安之助无时不在担忧母亲会因太胖而出问题——也许稍不注意就会中风。不过在阿米看来,觉得担忧者安之助也好,被担忧者婶母也好,都获得了幸福。

"安弟他……"阿米问道。

"哦,总算蛮好,是前天晚上才回来的。所以一直没有给你回音,实在抱歉。"婶母说道。回信的事就只谈了这一句,话题又回到安之助身上。

"他呀,托福、托福,总算从学校毕业了,但以后的事更是要紧,我很不放心。嗯,他从这九月份开始,就要到月岛的工厂去了。哦,谢天谢地,只要他继续这样努力,日后总不至于太倒霉吧。不过,年轻人的事情也难说,不知道今后会有怎样的变化呢。"

阿米听着,只是断续地插上句"太好啦""祝贺你们啦"的话。

"他去神户,也完全是为了这方面的事情。好像是要在捕鲣鱼的船上安装柴油发动机什么的。"

阿米简直不懂说的是什么意思,嘴里却"哦,嗯"地答应着。

婶母接着往下说:"我一点儿也弄不懂那是些什么玩意儿,听了安之助的说明,我才明白——原来是这么回事。可是那个柴油发动机嘛,至今还没有弄懂。"婶母边说边放声笑了,"反正啊,听说这是一种燃烧柴油使船只行驶的机械,听听,实在是个了不起的宝物呢。只要安上它,就无须用人力划船了。出海二十海里、四十海里,可以完全不当回事。我说呀,看看全日本有多少捕鲣鱼的船,就知道它的作用有多大了!说是在每只捕鲣船上都安装上这个机械的话,便可获得莫大的利润。所以他这一阵子一直全部心思扑在这件事情上呢。最近他甚至自嘲地说:'能获得莫大的利润果然是好事,但是这么一门心思地干,把身体搞垮,倒也太无谓了。'"

婶母不停地谈着捕鲣船和安之助的事,眉飞色舞,得意之至,但是只字不提小六的事。早就该回家的宗助，今天不知为什么迟迟不归。

却说宗助这天下班回家，电车开至骏河台下时，他下了电车，口里像是塞进了酸果似的，捂着嘴巴走了一二百米后，进入某牙医家。

原来在三四天之前，宗助同阿米就着餐盘相向而坐，一面吃晚饭一面讲话。那时不知怎么的，门牙咬下去，被卡了一下，顿时一阵疼痛，用手指去碰碰，牙根处松动了，吃饭时遇上汤水就痛，张开嘴吸口气，也痛。

今天早晨，宗助刷牙时特别留神让牙刷避开痛的地方，他刷着刷着，对着镜子看了看口腔内部，只见在广岛用白银填补过的两只大牙以及磨得损缺不齐的门牙发着微微的冷光。

宗助在换穿西服的时候，用手指试着推了推下齿，说道："阿米，我的牙齿好像很不中用啦。这样碰碰，居然也会摇动呢。"

阿米笑着说："这是年龄的关系呀。"同时绕到宗助背后，替他把衬衫的白领子抚平。

宗助在当天下午终于下定决心到牙医诊所去一次。他走进接待室，看到一只大桌子，桌子周围放着几只盖着天鹅绒的凳子，已有三四个人在候诊，都把下巴缩在衣领里，好像牙痛得很厉害。这些人全是女的。漂亮的茶褐色煤气暖炉还不曾点上火。宗助斜眼看着映在大穿衣镜里的白色墙壁，等待轮到自己就医。由于过分无聊，宗助被摞在桌上的杂志吸引住了，他伸手拿过一两本，一看，都是供妇女看的杂志。宗助把杂志卷首的好几页女人的照片反复翻看了之后，又拿起一种名叫《成功》[1]的杂志。这杂志的卷首列着一条条所谓成功的秘诀。其中有一条是："不管怎么说，一定要有冲劲。"还有一条说："光有冲劲也不行，还得站在牢实的根底上冲。"宗助读到这里，把杂志合上了。这所谓

---

[1] 成功杂志社在1898年创刊的杂志。

"成功"，同宗助本是风马牛不相及，连有这种名称的杂志，也是此刻才知道。所以宗助觉得有些稀罕，把合上的杂志再次打开，忽然瞥见并排着两行不混有假名字母的方块汉字："风吹碧落浮云尽，月上东山玉一团。"宗助这个人对诗歌一类的东西，从来就没有多大兴趣，但是读了这两句诗之后，也不知是怎么搞的，竟然深受感染。这倒不是因为这诗句对仗得工整什么的，而是想到人的情绪若能同诗句里的景色一样清丽，该是多么可喜啊。宗助出于一种好奇心，试着读了读诗句前面的论文，但觉得文章同诗句简直不相干似的。只有这两句诗，即使在丢下杂志之后也老在宗助的脑子里萦回。在这四五年来的实际生活中，宗助还不曾遇到过那样一番景色呢。

这时候，对面的房门开了，手拿纸片的练习生喊着"野中先生"，把宗助唤进了诊疗室。

宗助进去一看，这里比接待室大一倍。屋里光线极好，做到了尽可能的明亮。房间的两侧安置着四台牙科手术椅子，身穿白罩衣的医生，各自在给病人治疗。宗助被领到最靠里的一台椅子前，遵嘱登上踏脚，在椅子上坐下来。练习生用一条带条纹的厚围单，仔细地替宗助遮裹好膝盖以下的腿部。

这么安安稳稳地躺下后，宗助觉得那只牙齿不怎么令他疼痛难熬了。不仅如此，还觉得肩、背、腰部都有了安逸的着落，实在是舒适。宗助只是仰脸望着天花板上垂下来的煤气管，心里在想：从这幅场面和设备来看，医药费可能要比我来时想象的要贵呢。

这时候，一个头发秃得跟脸相颇不相称的胖子走过来，非常恭敬地向宗助打招呼，躺在椅子上的宗助慌忙点了点头。这个胖子先大致问了问情况，便检查口腔，轻轻摇了摇宗助说痛的那只牙齿。

"牙已经如此松动，我想不大可能恢复原状了。我看，准是有了脓疽。"胖子这么说。

宗助听到这一诊断，好似受到一股凄清秋气的侵袭，直想发问"我已经到了这样的年龄了吗"，但是有点儿窘，只追问道，"那么，是治不好的啰？"

胖子笑着这么答道："哦，我只能告诉你，是治不好的。不得已时，干脆拔掉完事。不过眼下还没有坏到那个地步，所以我先给你止痛，怎么样？反正我对你说脓疽、脓疽什么的，你大概不会明白是怎么回事的。我的意思就是内中简直烂掉了。"

宗助说着"是吗"，一切悉听胖子的吩咐。于是，胖子开动机器，在宗助的牙根打了一个小洞，并在洞眼中刺入一根细长的针，然后抽出来嗅嗅针尖，最后拉出一根丝状的筋。胖子说着"神经抽出来了"，把它给宗助看。接着用药填进小洞里，命宗助明天再来。

宗助离开椅子下来时，由于身子挺直了，视线便从天花板移至庭园，看到庭园里有一棵很大的盆栽松，高达五尺，一个穿草鞋的花匠在用草席仔仔细细地裹这棵松树的底部。宗助这才注意到日子已渐渐临近凝露为霜的时节，所以有闲暇的人家就开始做起准备工作来了。

回家的时候，宗助顺便到正门旁的药房里领取了含漱用的药粉，听清楚了用法——加温开水一百倍，化成溶液，每天得漱口十几次。与此同时，宗助接过账单，见医药费出乎意料地便宜，喜不自胜，心想：这样的话，完全遵照医嘱，来个四五次是没有什么问题的。宗助在穿鞋离去的时候，发现鞋底不知何时已经破了。

宗助回到家中时，婶母已经先一步回去了。

"啊，是吗？"宗助一面说着，一面像是非常怕烦似的换掉西装，像往常那样在火盆前坐下来。阿米抱着一捧衬衫、裤子和袜子，走进六铺席大的房间。宗助心不在焉地抽起了香烟，这时听得对面的房间里传来刷衣物的声音。

"阿米，佐伯婶母来说了些什么呀？"宗助问。

牙痛已无形好转，像受到寒秋侵袭的那种凄楚情绪，已略为轻松了。过了一会儿，当阿米把衣兜里拿出来的药粉化成溶液后，宗助便不住地漱起口来。

这时，宗助就站在廊庑上说道："白天真是越来越短了呢。"

不一会儿，黄昏降临。这个地区白天就不大有什么车子经过，薄暮之后简直静极了。夫妇俩照例坐在煤油灯下，心里感到在这个大千世界中，唯有两人坐着的这块地盘是光明的。而在这明亮的灯影下，宗助只意识到阿米的存在，阿米也只意识到宗助的存在。至于煤油灯光所不及的阴暗社会，就被丢在脑后了。这夫妇俩每天晚上就是在这样的生活里找到他们自己的生命所在的。

这一对安安静静的夫妇，嘎啦嘎啦地摇摇安之助从神户买来的礼物——"养老海带"罐头，一边从中挑出带花椒的小团团吃着，一边从容地谈论着佐伯家的答复。

"那么点儿学费和零用钱，都不可以通融一下吗？"

"说是无法办到，认为这两项加起来，无论如何也得十元钱，要在今后每月拿出这规定的十元钱，真是力所难及！"

"那么，在今年年底之前，我们得每月拿出二十几元钱，这不是太过分了吗？"

"据说安弟是表示就这一两个月嘛，即使勉为其难，还是务请想想办法。"

"实际上是拒绝啰？"

"这个嘛，我也不懂得。不过婶母是这么说的。"

"如果捕鲣船方面赚到了钱，我们提出的这一点儿要求，不是根本就不在话下吗？"

"这是当然的啰。"阿米低声笑笑。

宗助也微微动了动嘴角，这事就此告一段落。

过了一会儿,宗助说道:"反正啊,先让小六住到家里来,这是唯一的办法。今后的事今后再看着办,眼下得让小六继续上学。"

"是啊。"阿米回答。

宗助听而不闻似的,走进了不常去的书房。大概过了一个小时吧,阿米轻轻推开纸拉门一瞧,只见宗助正在伏案读书。

"你在看书?还不休息吗?"

宗助听阿米这么催促,便回过头来答道:"嗯,就睡了。"同时站了起来。

睡前,宗助脱去衣服,换上睡衣,一面往睡衣上缠一根染有条状花纹的兵儿带,一面说道:"今晚看《论语》了,好久没读它了。"

"《论语》里说些什么?"阿米询问道。

"哦,什么也没有。"宗助回答。接着说道,"喂,我的牙齿呀,毕竟是到了年纪的关系啊,松松动动的,说是好不了啦。"

宗助边说边把一头黑发枕到了枕头上。

六

　　反正小六得便就可搬出寓所而迁入哥哥家中的事是定下来了。阿米看着那六铺席房里的桑木梳妆台，脸上倒有点儿惋惜的神情。
　　"这样一来，倒是有些不方便呢。"阿米似有难言之苦地对宗助说。确实，把这房间让出来的话，阿米梳妆的地方就没有了。宗助束手无策地站着，视线斜向对面窗际的镜子里。由于角度的关系，只看到了阿米映在镜子里的领子以上的半边脸颊，这脸颊的气色很不好，宗助不禁一惊。
　　"我说，你是怎么了？气色很不好啊。"宗助说着，把视线由镜中移至阿米的身上。他看到阿米的鬓发蓬乱，衣领后沿也有些脏污。
　　"大概是天气冷的关系吧。"阿米答道，旋即打开屋子西侧一只约两米宽的大壁橱，下面有一只伤痕累累的旧的衣柜，柜上摞着两三只中式皮箱和柳条包。
　　"这些东西，无论如何也没法处置啊。"
　　"那就照原样放着嘛。"
　　由此可见，夫妇俩都对小六搬进来住这件事感到多少有些麻烦。所以，他俩见小六说定搬来而至今没来，也就没特意催促，而是有点儿多拖一天就能多逃脱一天困境的味道。也许小六恰好抱有类似的顾忌，认定只要有立脚之地，毕竟是现居的寓所方便吧，搬居的事一天天地往后拖了。不过，小六在本质上不想同哥哥、嫂嫂一样，亟不愿拖泥带水地徒然消磨时日。

不久，开始降薄霜，把后院的芭蕉全冻毁了。早晨，崖上房主家中庭园里的栗耳短脚鸭发出尖叫声。薄暮时分，可以听到由大门外匆匆而过的卖豆腐的喇叭声里夹杂着圆明寺的木鱼声。白天是一天比一天短了，而阿米的气色也比宗助当时在镜中看到的样子更差了。宗助有一两次下班回家，见妻子在那六铺席房里躺着，便询问"怎么回事"，得到的回答只是"心情不大好"；劝她"请医生检查一下"，则表示"没有这个必要"。

宗助放心不下，人在机关工作，心中却老记挂着阿米，有时自己也意识到妨碍工作了。不过有一天在回家的途中，他坐在电车里忽然有所醒悟地拍了下大腿。这天，他一反常态，精神特别好地打开格子门，立即兴致勃勃地问阿米"今天还好吗"。阿米像往常那样，把衣服和袜套归在一起，捧进那六铺席的房间，这时他还追上一步，笑着说："阿米，你莫非有喜了吧？"

阿米没吭声，顾自低头刷着丈夫那西装上的灰尘。后来宗助听到刷子的声音停止后她还久久没从六铺席房里走出来，便走近去看，见昏暗的房间里面，阿米独自寒簌簌地坐在梳妆台前。这时阿米说了声："哦。"站了起来，听她的嗓音，好像刚刚哭泣过。

当晚，夫妇俩相对而坐，两人的双手都可够着火盆上的铁壶。

"这世道是怎么回事啊。"宗助现出平时罕有的轻松腔调。阿米的脑海里顿时清晰地浮现出宗助和自己还没结婚时的情景来。

"这不是有点儿滑稽吗，近来很不景气啊。"宗助又说道。接着，两人集中讨论了一会儿这个星期天一起上什么什么地方去的事。然后，又把话题扯到两人的春装上。宗助很好笑地反复讲着这样的事：他有个姓高木的同事，当其妻子央求其买绸棉衣时，便说"我赚钱可不是为了满足老婆的虚荣心的"，一口加以回绝。那位妻子辩解道："这也太无情了吧。说实在的，天气一冷，我连外出穿的衣服也没有呢。"于是这位丈夫说："天气一冷，就加披被褥、毯子什么的，临时克服一下。"阿米听后忍俊不禁，眼望着丈夫说笑的模样儿，觉得昔日的情景又在眼前重现了。

"高木的妻子能以寝具对付过去，我却想做一件新的大衣呢。前一阵去牙医诊所看到花匠用草袋包裹盆松的根部时，我就一直在转这个念头了。"

"想做大衣？"

"是的。"

阿米望着丈夫，简直带着点可怜他的样子说道："你就拿月薪去做吧。"

"唉，算了吧。"宗助忽然冷漠地回答。然后问道，"我说，小六他打算什么时候搬来呢？"

"也许不愿搬来哩。"阿米答道。阿米早就有一种直感——小六是一开始就不喜欢见到她。然而阿米觉得对方是自己的小叔子，便万事委曲求全，尽可能不见外地多加接近，一直维持到现在。也许正因为如此，眼下的情况就不同于从前了，尽管阿米自信叔嫂那样的亲切感还存在着，但是到了眼下这种情况，自然而然会引起不符合事实的多疑。所以阿米认定自己的存在就是小六不搬来居住的唯一原因。

"当然，他是认为待在寓所里要比移居到我们这儿好。正如我们感到麻烦一样，他也感到不便呢。我嘛，只要小六不来，改天就决心去添置件大衣……"

宗助毕竟是男子，断然表示了这样的态度。但是，这不足以冰释阿米的心。阿米听后不搭腔，沉默了好一会儿后，那纤巧的脸颊埋在衣领里也不抬一抬,光把视线朝上看,问道:"小六弟还在恨我吧?"

宗助刚到东京时,阿米经常提出这一类的询问。为了慰藉她,他往往要大费口舌。不过阿米近来像是忘却了似的,什么也不问了,所以宗助也终于不把这事放在心上了。

"你又神经过敏了。小六他怎么想是他的事,只要我在,你就别愁。"

"《论语》上是这么说的?"

阿米这个人是会在这种时候开这种玩笑的。

宗助答道:"嗯,是这么写着的。"两人的对话到此为止了。

宗助第二天睁开眼后,听到雨点打在屋檐白铁皮上那带着凉意的声音。阿米一清早扎起袖管搞家务,走到宗助枕边提醒道:"行了,到时间了。"

宗助一边听着那雨点声,一边想在暖烘烘的被窝里再躺一会儿,但一眼瞧见阿米那憔悴而勤奋操劳的样子,便应声道:"哦。"随即起床了。

屋外被密雨所封。崖上的毛竹迎着雨点儿,不时晃动着竹叶。宗助将冒着这样凄寂的风雨外出,而他的能量来源,除了热酱汤和热饭,再没别的了。

"鞋子里又要湿了。无论如何也得有两双鞋才行啊。"宗助说着,无可奈何地穿上鞋底有小漏洞的鞋子,把裤腿往上卷起一寸光景。

晌午过后回家看看,见阿米把抹布浸在金属脸盆中,搁于六铺席房内的梳妆台旁边。唯见脸盆上方的那块天花板变了颜色,时不时有水珠滴下来。

"不光是鞋子啊,屋里也漏湿啦。"宗助说着,苦笑了一下。当晚,阿米为丈夫生起活动暖炉,把他的苏格兰毛袜和条纹呢的长裤子烘干。

第二天，雨依旧在下，夫妇俩依旧在暖炉上烘干湿的衣物。第三天还是不见天日。到了翌日早晨，宗助颦眉咋舌了。

"这雨要下到什么时候啊。鞋里湿得无法穿了。"

"六铺席房间漏得这般模样，也够伤脑筋哪。"

夫妇俩商量后，决定同房主交涉，请在天晴后就筑漏。而对鞋子嘛，实在是一筹莫展。宗助硬着头皮，把脚伸入湿透的鞋子，出去了。

幸好，天气在当天的十一点钟左右开始转晴，出现了雀鸣树篱的阳春季节。等到宗助回家，阿米以焕然一新的神色突然询问："我说，能不能把那屏风卖了？"

这落款抱一的屏风自前几天从佐伯家取回来后，就竖在书房的角落里，不曾动过。屏风是两扇，而从起居间的位置和大小来说，屏风不啻是碍事的装潢。往南面放的话，会把通正门的入口堵掉一半；往东面放呢，屋里会昏暗不少；可是移至另外一面的话，又会把壁龛遮去。为此，宗助发过几次牢骚："我是觉得它是上一辈留下的纪念物而拿回来的，但是这玩意儿也真令人伤脑筋，简直没处可搁。"

阿米听后，每次都望望那外沿褪了色的滚圆的银月以及简直无法由绢质物上分辨出来的芒草的颜色，显出一副"不解人们何以会珍爱这种东西"的神情。不过面对丈夫，她不便直言，只是试问过一次："这也算是什么好画吗？"

于是宗助告诉阿米这抱一是何等样的人。不过，那也无非是把从前听父亲讲的、现在尚能依稀记得的话复述一下而已。至于画的实际价值以及有关抱一的详情，宗助自己也莫名其妙。

但是，阿米偶然受到这一情况的启发，触发了她卖屏风的想法。阿米把这纯属偶然获悉的知识同一个星期来自己与丈夫之间的那些谈话联起来一想，脸上露出了微笑。这天雨霁后，太阳光一下子移至吃饭间的纸拉门上。阿米在便服外加了一条色泽异常、样子像披肩又像围巾的东西,出去了。她沿着大路走到近第二条街的地方,拐往通电车的方向,一直朝前走,在干货店同面包铺之间,有一家颇具规模的旧家具商店。阿米记得自己曾经在这家商店买过一只桌腿可折叠的饭桌。家中火盆上的那只铁壶,也是宗助在此买了拎回去的。

阿米袖着手在家具商店前站停,见店里依旧摆着很多新的铁壶。此外,大概是节令的关系吧,火盆多得尤其引人注目。但是,称得上古董的东西好像一件也没有。店正面吊着一只不知是什么名堂的硕大龟甲,下面是一只长长的黄褐色拂尘,仿佛尾巴似的。此外,点缀着几只紫檀木的茶具架子,不过都做得不大精细。阿米根本没有去注意这些,只是看明店里并没有任何挂轴和屏风,走了进去。

阿米之所以特意到这儿来,无疑是想把丈夫从佐伯家取回来的屏风卖些钱。自从在广岛生活过之后,阿米对这一类事已有相当的经验,所以她没有普通家庭主妇那种勉强和不愉快的感受,她能够没有犹豫地开口同店主说话。这店主五十岁左右,黑黑的皮肤,尖瘦的下颌。他戴着一副玳瑁边框的特大眼镜在看报纸,手在一只表面有无数突起的青铜火盆上烤火取暖。

"嗯,我可以去看一看。"店主淡淡地表示可以考虑,但是不怎么感兴趣。阿米见状,心里有些失望了。不过自己本没有抱着什么大的期望,只是对方既然不拒绝,也就主动地请他务必去看一下。

"好的。可是,得过会儿去呢,眼下小学徒出去了,无法脱身哪。"

阿米听了这不大客气的话,只好回家,心里颇疑惑家具店究竟会不会来人。她独自像往常那样很简单地吃了饭,让阿清端走饭盘。这时,忽然听得"有人在家吗"的大声叩问,家具店店主由正门走进来了。来到客堂里,阿米把那屏风给他看。他说着"原来如此啊",摸摸屏风的背面和四周。

"要卖的话,"他考虑了一下,好像勉为其难地开了价,"算六元钱吧。"阿米想，家具店开出的价钱也许不错的。但是不先同宗助讲一下就卖了，未免太独断独行，而且，这东西毕竟是有来历的，得好好考虑考虑，等宗助回来仔细商量后再说。她这样作答后，要店主先回去。店主在出门之前说道："好吧，看在太太诚心诚意的分儿上，就再加一元。你可以脱手啦。"

阿米这时断然地答道："可是，老板，这是抱一的真迹啊。"她说时有点儿觳觫。

店主不当一回事地说："近来，抱一的身价下跌了。"

不过，他盯着阿米看看后，说了句："那你们就好好商量商量吧。"便走了。

阿米把这些情况向宗助详细地汇报过之后，天真地问："不可以卖吗？"

宗助近来时常受到物质欲念的干扰。他本已过惯清苦的日子，养成了一种惰性，不以生活贫穷为苦。所以，除了每月的固定收入，丝毫没有想到过临时去谋取意外的钱来多少改善一下生活。现在听到妻子的这一番话，不禁暗自惊叹阿米机灵的才智，同时又怀疑究竟有没有这样的必要。一问阿米的意图，才明白她是想把那卖得的不足十元的钱，为宗助添置一双新鞋，还可购置一匹[1]绸子。宗助觉得这倒是未尝不可呢。然而，当他把父辈留传下来的有抱一手笔的屏风为一方，把新鞋和新的绸子为另一方，对比着考虑考虑，不禁感到这二者的交换是多么的滑稽和离奇。

"我看可以卖掉。反正放在家里也光是碍事。不过我还不需要买什么鞋呢。若像前一阵那样不住地下雨固然很伤脑筋，但眼下天气也好起来了。"

---

[1] 原文是"一反"，大约为宽0.3米、长10米，可做成人的和服一套。

"可是，再下雨时又苦啦。"

宗助当然不能对阿米打出天气永不变的包票。阿米也不便说非在这没下雨之前把屏风卖掉不可。两人便相对地笑笑。过了一会儿，阿米先问道："是价格太低了吧？"

"是啊。"宗助答道。

他听她说价格低了，便觉得好像是低了。他本想倘若有买主，最好对方肯出大价钱，反正多多益善。因为他记得报纸上登有近来旧书画卖价飞涨的事，这曾使他想入非非：哪怕有一件这类旧书画也好啊。但是，这类东西无缘落到他的生活圈子里来，他只好认命。

"买卖取决于买主，却也要看卖主是什么人。再珍贵的名画，在我这个卖主手里也卖不出好价钱的。当然，开价七八元嘛，好像也太低了呀。"

宗助流露出一种既为出自抱一手笔的屏风辩护，又为家具店店主辩护的语气。好像唯有他自己是不值得辩护的。阿米见状也有点儿泄气，有关屏风的话题就此告一段落。

第二天，宗助在机关里把屏风的事讲给众同事听。大家不约而同地一致认为价钱太不公道。但是没有一个人表示愿意出一把力，使它卖得合理一些，也没有谁肯出来告诉他"通过什么样的途径可免吃亏上当"。宗助还是只得把屏风卖给横街上的家具店，要不，只好像原来那样，让屏风碍手碍脚地竖在客堂间里。他就这样拖延了一阵子，家具店店主来说，愿出十五元钱买下这屏风。宗助夫妇俩微笑着互相望望，意思是暂且不卖，再放一段时间看看如何。于是没有卖。不久，家具店店主又来了。夫妇俩还是不卖。阿米对这种回绝感起兴趣来了。店主第四次光临，是带了个陌生男子一起来的，他同这男子交头接耳地商量了一番，最后出价三十五元。这时夫妇俩也就站着商量了一下，终于决定卖掉屏风。

七

圆明寺的杉树像烤焦了似的红得发黑了。在天气晴朗的日子里，可以看到被风拂洗过的天边那带有白色条纹的陡峭山峦。日子在一天一天地把宗助夫妇往寒冬驱赶。每天早晨，街上准会传来叫卖豆豉的声音，使人想及霜盖屋瓦的景象。宗助在被窝里听着那叫卖声，想到严冬又来了。阿米从岁暮至来春这段时期总是要在厨房抱着杞人忧天的心情，希望今年也像去年一样，水龙头不要冰死才好。一到晚上，夫妇俩只知围着炉子取暖，对广岛和福冈那暖和的冬天不胜神往。

"简直同前面的本多先生差不多了呢。"阿米说着笑了。所谓前面的本多先生，乃是指一对也住在这同一院子里的房客老夫妇。他们雇着一名小女佣，从早到晚安安静静地过着养老的日子。阿米独自在吃饭间里做针线活儿，不时听到呼叫老头儿的声音。这就是本多阿婆招呼老伴的声音。在大门口之类的地方不期而遇时，阿婆会很有礼貌地致以季节的寒暄，并且说："请过来坐坐。"而阿米从来没有去过，对方也不曾来过。所以说，有关本多老夫妇的情况，简直一无所知，只是听一个经常在这一带进出的商人说过：老夫妇有一个独养儿子，现今在朝鲜的统监府[1]之类的地方，官运亨通，每月寄赡养费来，老人借此颐养天年。

---

[1] 统监府是根据1905年的《日韩协定》而设置在朝鲜的机构。统监是日本政府驻朝鲜的全权代表。1910年这一机构废除。

"老头儿还是常常弄弄花草吗?"

"天气渐渐寒冷,看来已经不弄了吧。廊庑上摆着许多盆栽花草呢。"

于是,话题离开"前面的人家",移至房主家。这房主家简直同本多家完全相反,宗助夫妇都认为这是一个无比热闹的家庭。最近,虽然庭院变荒芜了,众孩子不到崖上来吵闹,但是每晚可闻弹钢琴的声音。还有女仆之类在厨房的大笑声,也不时传至宗助家的吃饭间来。

"我说,那房主究竟是做什么工作的呀?"宗助问道。到今天为止,他已屡次向阿米重复询问过这个问题。

"看来是逍遥自在、无所事事,有的是地产和房产……"阿米答道。迄今为止,她也屡次对宗助复述过这样的回答。

宗助听后,也没有进一步询问有关房主坂井的事。在离开学校的那个时候,宗助每遇到一帆风顺而自鸣得意的人,就会冒出"咱们走着瞧吧"的情绪,没过多久,这情绪又变为单纯的厌恶感。但是近一两年,他对自己同别人的差异,已经全不介意了。他开始觉得,自己生来就有自己的命运,别人则带着别人的命运,二者原本就是不同种类的人,所以呢,除却作为人类活在世上这一点外,互相是没有任何关系、也没有任何利害可言的。偶尔一起闲聊,也会顺便问一下别人究竟是干什么的,但旋即觉得这样去询问,也是够麻烦的事。阿米也有雷同的表现,但是这天晚上很难得,她竟然谈道"这个房主坂井是位四十岁上下、没有胡须的人""弹钢琴的人是房主的长女,已有十二三岁""别人家的孩子去玩,也不准荡他家的秋千",等等。

"为何不准别人家的孩子荡秋千呢?"

"无非是小气呗,因为秋千容易坏呀。"

宗助听后笑了出来,心想:这房主如此吝啬,可是听得屋漏了,立即招泥瓦匠来筑漏;获悉篱笆烂坏了,又马上命花匠来修补。这倒有些矛盾。

当天晚上，宗助没有梦见本多的盆栽，也没有梦见坂井的秋千。他十点半光景上床，像一个饱经风霜者似的发出了鼾声。阿米近来脑袋里不大舒服，晚上睡得很不好。她不时睁眼瞅瞅昏暗的屋子。壁龛处搁着一盏微亮的煤油灯。夫妇俩有通夜点灯睡觉的习惯，临睡前，总是把煤油灯的灯芯捻小后搁在壁龛处。

阿米好像感觉到了什么，便把枕头的位置稍加移动，同时，总使身下的那只肩胛在被子上摩挲，最后，她索性趴在床上，支着两条胳膊朝丈夫那儿望了好一会儿。接着，她爬起来，把盖在被子下半截的便服往睡衣上一披，取过壁龛处的煤油灯。

"喂，喂。"阿米走到宗助的枕畔，蹲着呼喊。宗助这时已经不打鼾了，不过依然在酣睡，呼吸深沉。阿米又站起来，手持煤油灯，推开内室的纸拉门，进入吃饭间。昏暗的屋子被她手中的灯光照得黑影憧憧，阿米借此认出了装在柜子上的金属环在微微发光。通过这间屋子后，就是熏得发黑的厨房，只见糊在木格子拉门上半部的纸头泛着白色。阿米在没有一点儿火气的屋中央静立了一会儿之后，轻轻拉开右侧女仆房间的门，让煤油灯的光亮透进去，只见那条纹和颜色均看不清的被子中，女仆像一只鼹鼠似的蜷缩着身子在睡觉。阿米又朝左边六铺席的房间望去，看到房里冷清清、空荡荡的。那只梳妆台还放在里面，镜面在半夜时分非常惹眼。

阿米在家中四处转了一圈后，看看没有任何异常情况，遂又回到床上就寝，这时总算有点儿睡意了。她觉得很安心，不一会儿就睡着了。

突然，阿米又睁开眼睛，她感觉到枕畔发生了一声巨响。把耳朵从枕头上抬起思索一下，只能认为那是什么又大又重的东西，由后山崖上向自己睡着的这间起居室的廊庑外侧滚落下来了。而且，这情况就发生在自己醒过来之前的瞬间里，绝对不可能是梦境。想到这些，阿米顿时害怕了，便拉拉睡在一旁的丈夫的被子边缘。这一次，她非得认真地把宗助叫醒不可了。

迄今为止，宗助睡得非常熟，这时被弄醒了。

阿米推着丈夫，说："喂，你起来一下！"

宗助迷迷糊糊地应声道："哦，行啊。"随即翻身起床。

阿米小声地谈了方才的情况。

"那声音就只听到过一次？"

"嗯，刚才听到的。"

于是两个人默默地凝神留意室外的动静。但是听不到任何声息，只是一片寂静。侧耳倾听了很久，也听不出有东西要再掉落下来的样子。宗助嚷着"好冷"，在单薄的睡衣上加了件外套，走到廊庑上，卸下一扇木板套窗，向外面望望，什么也看不到，只觉得寒气顿时由黑暗中扑面而来，便立即关上板窗。

宗助把窗销插好，一回到房里，就又重新钻进被窝。

"没有任何异常的动静。我看你很可能是在做梦吧。"宗助说着，躺下了。阿米认为那绝对不是梦，咬定上头是发出过很大的响声。

宗助从被子里露出一半面孔，转向阿米这边，说道："阿米，你变得神经过敏了，近来是怎么搞的呀。你得少用脑筋，一定要设法好好地睡睡啊。"

这时候，隔壁房间里的挂钟响了两下。钟声使夫妇俩暂且中断了谈话。这一阵沉默，令人感到夜更深、更静了。两人兴奋得无法很快入睡。

"嗯，你是无忧无虑啊。一旦躺下，往往要不了十分钟就睡着了。"阿米说道。

"睡着这一点倒是不假，但不是无忧无虑才能睡，其实是因为疲乏才好睡的吧。"宗助答道。

在这么交谈的当儿,宗助又睡着了。阿米照旧在床上辗转反侧。这时候,只听得一辆车子发出很大的声响由大门外通过。最近,阿米时常在黎明前听到有车子通过的声音而被惊醒。她把情况联系起来思索后,认为车子的声音既然老是在一定的时刻出现,那就可能是同一辆车每天清早通过同一个地方的缘故。看来,那准是送牛奶什么的,才如此急匆匆。所以听到了这声音,就像是获悉早晨已来临、邻居已开始一天的生活似的,她也感到定心了。不一会儿,可以听到什么地方传来了鸡鸣声。又过了一会儿,门外的路上传来了清亮的木屐声响。这时候,听得阿清打开自己的房门,大概是上厕所去,旋即又听得她好像到吃饭间去看钟点了。这时,搁在壁龛处的煤油灯里的油已经少得浸不着短短的灯芯,使阿米的寝处变得黑魆魆的,只有阿清手中的油灯的灯光由拉门的缝隙间透了进来。

"是阿清吗?"阿米招呼道。

不久,阿清起床了。大概过了三十分钟吧,阿米也起来了。又过了三十分钟光景,宗助终于起身了。

平时,阿米总是在适当的时候跑来招呼宗助:"该起来啦。"在星期天或者是偶尔碰到一次的节日里,也无非是换换口气说,"嘿,请起床吧。"

但是今天,宗助也许是对昨晚的事情有点儿不放心吧,没等阿米来催,他就起了床,立即跑去打开那崖下的木板套窗。

由下往上望去,只见寒竹处在晨霭的包围中,纹丝不动,日光刺破霜层从竹后照过来,使一部分竹梢染上了光泽。离竹下两尺光景,有一段最陡的斜坡,这坡上的枯草被莫名其妙地擦坏了,显出了崭新的红色土皮,这情景使宗助吃了一惊。由此一直线地往下落,宗助见自己所站之处的廊庑上溅着泥土,像是打碎了的霜柱。宗助心想:也许是有过大狗之类的动物从上面滚落下来的缘故,但又觉得,落势这么猛烈，再大的狗也不至于如此呀。"

宗助由正门口提来木屐，立即步入庭园。厕所呈弯曲形状地突向廊庑的端部。崖下本来就极窄，这就使得通往后面去的不到一米宽的小径变得越发窄了。阿米每次见到淘粪的人来，便要为了这个拐角处担忧，说："那个地方能再宽一点儿就好了……"

宗助听后，不禁发笑。

穿过这个地方，有一条直通至厨房的小径。原来，这儿有着一道混杂着枯枝的杉篱，同邻家的庭园隔开。但是前一阵子整修时，房主把这到处都是孔穴的杉篱悉数拆去，现在，多节的板墙沿着这一边直指厨房的后门口。这里本就晒不到什么阳光，加之水落管里净淌雨水下来，到了夏天便长满秋海棠。最茂盛的时候，只见翠叶重重叠叠，连通路都找不到了。第一年里，宗助和阿米看到这番情景，都吃惊不小。其实，远在杉篱拆去之前，这秋海棠在地下长年蔓延着，所以即使旧房子已经被拆了，现在只要节令到来，仍会一如往昔地发芽生长。

获悉了这一番原委后，阿米喜悦地说："哦，这多可爱啊。"

宗助踩着白霜，走到这颇值得纪念的一侧，视线落在细长甬道上的一个地方，于是，他戛然止步，站在照不到太阳光的寒气中。

他的脚前丢着一只黑漆描金的小型文卷箱。箱内的东西看来是被人特意弄来的。箱子好好地放在霜地上，但是箱盖离开两三尺远，像是撞在板墙脚处翻倒在地的。箱内糊着的千代纸[1]的花纹清晰可见。由文卷箱中漏出来的信件和文件之类的东西撒得满地都是，其中比较长的一卷，被人特意展开了两尺左右，卷首部分像废纸似的被揉成一团。宗助走上前，望望这揉得乱七八糟的纸下，禁不住苦笑了——纸下是一堆大便。

---

[1] 一种有花纹的彩色手工纸。

065

宗助把这撒了一地的信件和文件都归在一起，放进文卷箱，然后捧着沾有霜和土的箱子，走到厨房的门口。他推开格子拉门，把箱子交给阿清，说道："我说，你找个地方暂且放一放。"

阿清显出不解的神情，不无好奇地收了下来。阿米在里面的客堂间掸尘。宗助笼着手，到正门口的周围仔细地转了一圈。没有看到任何不同于平时的现象。

宗助终于回到屋子。他步入吃饭间，一如平时那样在火盆前坐下来，但立即大声呼唤阿米。

"你一起床就到什么地方去啦？"阿米一边说一边从里面走出来。

"你听我说，昨天夜晚睡在床上时听到的那一下很大的声响，果然不是什么梦，而是贼！那响声是贼从坂井家的崖上落到我们院内发出来的。我方才到后面去转了一圈，看到一只文卷箱，箱内的信件等物丢得遍地都是，还留下了一堆点心呢。"

宗助由文卷箱内取出两三通信件给阿米看，信上都写着收信人坂井的名字。阿米见后吃了一惊。

"坂井先生总还有别的东西被偷了啰？"阿米保持单膝着地的姿势，问道。

"照这种情况看来，是还有东西被偷了呢。"宗助交叉着双臂答道。

夫妇俩暂且谈到这里，便把文卷箱搁在一边，面对饭盘吃早饭了。但是举筷之后，还是离不了关于贼的话题。阿米向丈夫夸示自己的听觉和头脑很靠得住，宗助则以自己的听觉和脑子不灵为幸事。

"说得倒轻巧。这事如果不是发生在坂井先生处而是轮到我们头上来，像你这样呼呼大睡，岂不坏事啦！"阿米发起反击。

"哦，贼是不会光临我们这种人家的，放心好了。"宗助也不示弱。

这时，只见阿清从厨房里探出脸来，认真地表示道贺："要是先生先前购置的大衣被偷的话，那真要热闹一番了。幸好事情没出在我们家，而是坂井先生遭殃，真是谢天谢地。"

宗助和阿米都有点儿穷于应答了。

吃完饭，离上班时间还有不少时间。宗助认为坂井家一定乱得不亦乐乎了，决定把文卷箱主动送去。这箱子虽是描金漆器制品，但无非是在黑漆的底子上描有金色的六角形而已，看来并不是什么太值钱的东西。阿米取出一块进口细条纹料子的包袱布，把文卷箱包起来。由于包袱布不够大，便把布的四只角作对角联结，在正中央的部位系成两个死结。宗助提着这只包袱，简直像提了点心盒子去送礼。

从客堂间望出去，崖上就在眼前。但是，由大门外绕过去，得顺着道路走五十来米，然后上坡，再朝反方向折回五十来米，才能到达坂井家的门前。宗助见石头上野草萋萋，就沿着整洁的扇骨木树篱，进入坂井家。

大门里简直太寂静了。宗助行至正门前，见磨砂玻璃门关着。他摁了几下电铃，但是不见有人出来，好像电铃是坏的。宗助只好踅到厨房门口去，见这儿的两扇磨砂玻璃的格子门也关着，但能听到里面有拾掇器皿之类的声响。宗助开了门，见一个女仆蹲在搁有煤气炉的地板上，便向她打招呼，说："这是府上的东西吧？今天早晨，它落在我家的后院里了，所以送过来。"宗助说着，取出文卷箱。

"是吗？多谢了。"女仆简单地致谢后，拿着文卷箱走到地板间的间壁前，招呼一个像是干内房杂活的女工，然后小声地说明了缘由，把东西递过去。那女工接过东西时，朝宗助瞥了一眼，立即走进去了。只见同女工擦肩而过，一个圆脸大眼的十二三岁的女孩子同一个扎着蝴蝶结、像是她妹妹的小女孩跑了出来，她俩头靠头地把小脑袋探向厨房，注视着宗助，交头接耳地说："这就是贼啊。"宗助把文卷箱交出后，认为已经完事，没有必要进去打招呼，想就此告辞。

"文卷箱是府上的东西啰？没错吧？"宗助向那一点儿也不知情的女仆追问了一句。对方听了，正不知如何是好的时候，方才那个女工走出来了。

"请先生里面坐。"女工恭敬地行礼致意。这倒使宗助有点儿不好意思了。女仆殷勤地反复邀请，遂使宗助由先前的不好意思进而感到有些为难了。这时候，只见房主走出来了。

同预料的一样，房主果然是一副福相，气色很好，下脸部胖得向下垂，不过不像阿米所说的那样没有胡子，而是在鼻下长着修过的短髭，脸颊至腮下一片青色，刮得很干净。

"哦，给你添了这样的麻烦……"房主表示谢意，眼角处出现明显的皱纹。他身穿碎白点的米泽[1]料子衣服，膝盖顶住地板，向宗助打听具体情况，态度不慌不忙。宗助扼要地谈了谈昨晚至今晨的事情经过，然后问房主"除了文卷箱外，是不是还有东西被盗"。房主回答说"放在写字桌上的一只金表也失窃了"，但是没有丝毫沮丧的神色，仿佛丢的是别人家的东西似的。比较起来，毋宁说，他还是对宗助的讲述抱有更大的兴趣。他问："贼究竟是打算沿着山崖由后面逃跑呢，还是逃跑时由崖上掉落下来的？"宗助听了，当然无法作答。

这时候，先前那个女工端着茶和烟，由里面走出来，宗助又不便马上告辞了。房主还特意取过坐垫，执意邀宗助坐下来，然后讲起今晨已有警察来过，据警察推定，贼是在傍晚时溜进房子里，隐藏在堆房之类的地方，据估计，贼是从后面厨房进来的，然后擦亮火柴，点起蜡烛，放在厨房里的一只小提桶里面，接着进入吃饭间，由于邻屋里睡着女主人和孩子，贼便沿着走廊来到主人的书房，动手偷东西，

---

[1] 在山形县东南部，以产织物闻名。

这时，可能是遇上了出生不久的小少爷的吃奶时刻了，贼听到小少爷醒过来的哭泣声，便推开书房的门，逃进了院子。

"要是像往常那样有狗在的话，就没有问题了。但是很不巧，这狗得了病，已在四五天之前送到医院去了。所以……"房主遗憾地说。

"这真是太不巧了。"宗助表示同感。

于是，房主开始大谈这狗的品种、血缘关系以及时常带它一起去打猎等等的情况。

"我是爱好打猎的。可是近来因神经痛而暂停了。在初秋到冬天这段时期里去打鹬鸟，腰以下的部分非得浸在水田中泡两三个小时不可。所以是极伤身子的。"

看来，房主是个一谈起来就没完的人。宗助无非是"对呀""是吗"地对付着，后来见房主老是往下说个不停，只好中途站了起来，说："我还得去办事，不得不告辞了。"

房主这才有所醒悟似的为自己耽搁了宗助的时间而致歉。接着说："改日，警察说不定还要来看看现场，届时务请多多协助。"

最后，房主彬彬有礼地打招呼说："有空请来坐坐。我近来也闲着没事，改日再去打扰你啦。"

宗助出门后，匆匆赶回家里，但是已经比每天早上出门的时间晚了三十分钟。

"我说，你今天是怎么搞的？"阿米焦躁不安地迎出正门来。

宗助立即脱去和服，一面换西服一面说："那位坂井呀，真是个不知忧虑的人呢。人有了钱，就能够那么自由自在啊。"

八

"小六弟，先糊吃饭间的，还是先糊客堂间的？"阿米问道。

小六终于在四五天之前搬至哥哥家来了，所以今天帮着把纸拉门重新糊一糊。小六往日住在叔叔家中的时候，曾经同安之助一起换旧裱新地糊过自己的房间。那时，他俩在盆里打糨糊，使用竹箆这样的工具，大致都按正规程式干的，但是等纸干透，把拉门往原处装时，两扇拉门都曲得走了样，无法嵌入门槛的滑槽了。后来，两人又遭到过一次失败，那是听从婶母的吩咐，在糊纸前先用自来水哗啦哗啦地冲洗门架，但是干了之后也走了形，很难装上了。

"嫂子，糊拉门时要当心，不能先用水冲洗啊。"小六边说边从吃饭间面向廊庑的地方，嘶啦嘶啦地开始扯掉旧纸。

廊庑的右侧是小六那呈弯折形的六铺席房间，左侧是向前突出的正门，对面被一道同廊庑呈平行走向的墙所挡，这就围成了一个方形的内院。一到夏天，大波斯菊盛开，夫妇俩很欣赏每天清晨露水浓重的景色，也爱在墙下去竖起细竹子，好让牵牛花攀附。两人又往往一起床就去数当天早晨开了多少朵花儿，乐此不疲。但是秋冬之季，花草都枯萎了，院子像是成了一小块沙漠地，看看也感到凄凉。小六背对着这块落满了白霜的方形区域，在不住地剥扯拉门上的纸。

朔风不时刮来，从身后向小六的光头和头颈处扑打。小六也就不时想由露天的走廊上退回六铺席房里。他闷声不响，用发红的手干着，又在铅桶里搓绞抹布，擦洗拉门的木格子。

"很冷吧，真是受罪了。不巧遇上了这种阴雨天……"阿米讨好地说着，把铁壶里的开水冲进昨天调好的糨糊里，让它溶化。

其实，小六心里非常鄙视这种家务劳动，尤其是近来被迫处于难堪的境地，使他手持抹布，自己也抱有一些人格受到侮辱的想法。小六昔日在叔叔家也干过这种家务，但那时候无非是为了消遣，记得不但没有什么不快，反而兴味不浅呢。可是现在大有"环境迫使自己认命，舍此之外干不了其他事"的味道，廊庑上这么冷就更令他恼火了。

所以，小六根本没有好好回答嫂子的问话，他的脑际浮现出同寓所的那位法律系大学生可以随心所欲花钱的情景，此人在散步时顺便弯到资生堂，就花了近五元钱去买了三件一套的肥皂和牙粉。于是，小六感到自己现在竟陷在这种窘境里，这是完全没有道理的。接着，小六觉得哥哥和嫂子甘于在现状下过一辈子，又是多么的可怜。在小六的眼中，哥嫂俩连买一张糊拉门的美浓纸都要斤斤计较，这种生活态度未免太没出息了。

"这种纸头呀，过不了多久又要破喽。"小六边说边把约有一尺长打卷的纸片，迎着日光的方向用力抖响了两三下。

"是吗？不过家中没有孩子，没多大关系的。"阿米回答着，取了把蘸着糨糊的刷子，在木格子上来回地刷。

两个人由两头拽着一长条的纸，尽量不让纸往下垂。小六不时露出不耐烦的脸色，阿米有时只好让步，马马虎虎地用刮脸刀裁断算数，致使糊过的地方根本不熨帖，到处向上鼓，十分碍眼。阿米带着一副泄了气的神情，瞅着竖在放板窗处的纸糊拉门，心里在想：对手不是小六而是丈夫的话……

"有点儿不平整呢。"

"我只有这点儿水平,反正是糊不好的。"

"哪儿的话,你哥哥远不如你呢。而且要比你懒哪。"

小六不搭腔,接过阿清由厨房拿来的漱口杯,站到放板窗处的纸拉门前,向整个纸面吹喷水雾。在糊第二扇拉门的时候,方才吹喷过水雾的纸面基本上干了,不平整的地方也大致上平整了。糊第三扇的时候,小六就嚷着:"腰痛了。"老实说,阿米今天一早就头痛了。

"再糊一扇,把吃饭间的全糊完再休息吧。"阿米说。

糊完吃饭间的纸拉门,已经是中午时分了。两人一起坐下来吃饭。在小六搬来后的这四五天里,阿米只好同小六面对面地吃午饭,因为宗助不回家吃午饭。自从与宗助一起生活以来,每天同阿米一起吃饭的人,除宗助无他人。宗助不在家时,阿米便独自进餐,这已是多年的习惯。所以现今突然让自己同小叔子隔着餐盆面对面地用餐,这对阿米来说,是有一种异样的感受的。如若女仆当时是在厨房里干活,那当然要好得多,一旦阿清影踪全无时,阿米尤其感到窘不可言。当然,阿米的岁数要比小六大,而且从两人的一贯关系来看,即使在感觉拘束的初级阶段,两人之间也不可能产生涉及两性问题的气氛。阿米的心里在嘀咕:这种与小六同桌吃饭时的别扭情绪总有一天会消弭的吧。在小六搬进来居住之前,阿米根本不曾料到会出现这样的情况,所以格外感到发窘。阿米平常只得在吃饭时尽量讲话,聊以填补一下那百无聊赖的间隙。但是很不幸,今天小六的头脑里来不及闪出适当的办法来应对嫂子的这一番用心。

"小六弟,那边寓所的伙食好吗?"

听到嫂子这么问,小六当然不能像昔日由寓所来此做客时那么坦率地回答。

"哦,不怎么样。"小六总算进出了这么一句话,语气相当含糊。所以在阿米听来，有时也理解成"大概是嫌我们招待不周吧。"在这种沉默中，小六有时也猜得到嫂子在想什么。

阿米今天头痛，所以尤其不耐烦，面对餐盘时也不像平常那样竭力来左右席间的气氛，何况努力没有得到反响，就更加沮丧了。就这样，两人比糊纸拉门时还要少开口地吃完了饭。

午后，大概是比较熟练了的关系吧，干得比上午有起色了。但是两人之间的气氛反而比饭前更疏远了。特别是天气寒冷，影响着两人的情绪。早晨起来时，见太阳升在空中，简直是一派天朗气清的势头，不料蔚蓝色的天空里忽然浮云密布，似乎在酝酿着雪糁，太阳被完全遮去了。两人轮番到火盆旁边烤手取暖。

"过了年，哥哥该加薪了吧？"小六突然向阿米提出了这样的问题。

阿米当时从地席上拿起纸屑，擦着被糨糊沾污的手，脸上露出完全没有想到的神情。

"为什么呀？"

"嗯，报上不是说，明年公务人员要普遍加薪吗？"

阿米根本不知道有这一消息，听小六详加说明后，才说："原来如此。"

"一点儿不错，照现在这样下去，谁也不愿干啦。自我们来到东京至今，生鱼片什么的，价格就上涨了一倍。"阿米说。谈到生鱼片的价格，小六完全是外行，被阿米这么提醒，才意识到价格竟飞涨到如此程度了。

由于小六心里滋生了一些好奇心理，使得两人的谈话意外地坦率起来。阿米不久前听宗助说起过"在后面的房主十八九岁的那个年代，物价极其低廉"，现在便复述给小六听。说是那个时候吃荞麦面条，蒸面是八厘一客，盖浇面是两分半一客。牛肉一般是四分钱一份，里脊肉是六分钱。曲艺场的门券是三四分钱。学生每月向家中领得七元钱左右，就可以过得很不错了。能领得十元钱的话，那生活就近于奢侈了。

"要是在那样的年代，小六弟大学毕业是根本不成问题的嘛……"阿米说道。

"要是生活在那样的年代，哥哥的日子也能遂心如意了。"小六答道。

当客堂间的纸拉门全部糊完，已经三点多钟。要不了多久，宗助也要下班回家了，是该着手烧晚饭的时候了，于是两人的工作告一段落，拾掇好糨糊和刮脸刀。小六舒舒服服地伸了个大懒腰，握着拳头敲敲自己的脑袋。

"太辛苦了。够累的吧？"阿米关切地对小六说。小六首先感到的倒是嘴馋得厉害。他要阿米从食橱里取出点心来尝尝，那是不久前坂井为归还文卷箱的谢礼。阿米还泡了茶。

"这位坂井先生是大学毕业生？"

"嗯，据说是的。"

小六喝喝茶，抽抽烟。隔了一会儿，询问道："这加薪的事情，哥哥还不曾对你说过吗？"

"不曾，一句也没说过。"阿米回答。

"要能像哥哥那样就好了，真是什么不满的情绪也没有。"

阿米没有搭腔。小六便站起来走进那六铺席房间，但是没一会儿，说是"火熄灭了"，捧着火盆又走出来。小六很相信安之助安慰自己的话——"在哥哥家中食宿虽有点儿不方便，要不了多久就会习惯的"，表面上便以休学为理由，解决了面前的问题。

九

宗助同后面的坂井以文卷箱为媒介，产生了未曾预料到的关系。在此之前，两家人家不过每月来往一次——阿清送房租去，对方送收据来。所以崖上住的仿佛是一家外国人，同下面的邻居痛痒无关，不相往来。

在宗助送还文卷箱后的当天下午，的确如坂井所言，一位刑事警察由宗助家的后面下来检查崖下的情况，坂井也陪同一起来了。阿米这才第一次见到久已闻其名的房主。本以为房主是没胡子的，却见他留着胡须，而且对阿米等人彬彬有礼，说话客气可亲，这倒使阿米颇有些意料之外。

"我说，这位坂井先生还是留胡须的呢。"阿米见宗助进来时，特意向丈夫指出。

大约过了两天，一个女仆手持附有坂井名片的上好点心盒，来宗助家表示谢意，说道："先前的事，多蒙费心，十分感激，主人改日当来面谢……"随即就走了。

当天晚上，宗助打开送来的点心盒，一边大嚼馅儿酥，一边说道："肯送这样的东西来，我看对方不像是吝啬鬼。说他不准别人家孩子玩他家的秋千，很不可靠。"

"一定是造谣。"阿米也替坂井辩护。

比起发生窃案之前,宗助夫妇同坂井的交往是有所增进,但是宗助和阿米心里都没有要同坂井进一步接近的念头。从利害关系来看,当然无此必要,即使从邻谊这一点来说,宗助夫妇也鼓不起再向前迈进的劲儿。听其自然发展,随着岁月的流逝,要不了多久,坂井当然仍是从前的坂井,宗助也会恢复成原来的宗助,崖上崖下仍然是各居一方、痛痒无关的。

但是隔了两天,在第三天薄暮时分,只见坂井身穿獭皮领子的厚呢大衣,突然光临宗助家。对宗助夫妇来说,晚上来了不速之客,是不免有点儿惊慌失措的。

来客进了客堂间后,为前几天诸多打扰表示了恳切的谢意。

接着,坂井说道:"多承关注,被窃的东西才失而复得了。"与此同时,他解下缠在白色绉绸腰带上的金链子,拿出一块双盖金表来。

坂井说,他按照规定向警方报失了,但是想到这块表实在太旧,被人偷去本也没什么可惜,就没放在心上了。不料昨天忽然收到某匿名者寄来的一只小邮包,包中好端端地放着这只被窃的旧表。

"看来,那个贼也感到这表难以处理吧,也可能是觉得这表值不了几个钱,便寄回给我了。这可真是件稀罕事。"坂井说着笑了。

接着,坂井又加了说明:"嗯,对我来说,倒是那只文卷箱珍贵得多呢。因为它是我祖母从前在宫里干活时得来的,也算是一件纪念品……"

当晚,坂井就这些内容讲了两个小时左右才回去。作为谈话对手的宗助,以及在吃饭间里听他俩谈话的阿米,都不能不认为房主是一个谈锋很健的人。

"真是见多识广啊。"阿米作出了这样的评价。

"因为生活清闲嘛。"宗助加以说明。

第二天，宗助从机关里回家，下了电车顺路走至横路上的家具店前，忽然瞥见身穿那件獭皮领子大衣的坂井——从马路上只能见到他的侧脸——正在同店主人说着什么，店主人戴着一副大眼镜，由下往上望着坂井的脸。宗助觉得现在不是打招呼的时候，想走过去算了，可是走到店门正面时，坂井的视线忽然转向马路，见到了宗助。

"呀，昨晚真是……你是回家去？"坂井欢悦地说。宗助当然不能无礼地不理会了，便慢下步伐，脱帽致意。这时坂井好像是交涉完了，走出店门。

"你是来物色什么东西的吧？"宗助问道。

"不，不是的。"坂井这么回答着，同宗助并肩朝回家的方向走去。走了十来米远，坂井说道："那个老头子，真是狡狯极了。竟拿假的华山[1]手笔，硬要我买下来。方才被我责骂了一通。"

宗助听后，才知悉这位坂井先生也有着那种闲暇人共有的雅趣。于是心里在想：那不久前卖掉的抱一手笔的屏风，能先给他看看就好了。

"那是精通字画的吧？"

"没这回事。不光不懂字画，简直是什么也不懂。你看看那店的情况不就明白了？没有摆上一件有古董味的东西。本来是收废纸出身，当然成不了什么气候。"

坂井很了解店主人的底细。

据一位常在此出入的卖菜老头说，坂井的祖上在幕府时期是当过什么官的，他家是这一带最有来历的世家。宗助好像还听人说过"德川幕府崩溃时，坂井家没有迁往骏府，也可能是迁去了又迁出来的"，这一点宗助已记不太清了。

---

[1] 渡边华山（1793—1841），江户后期的学者和画家，工肖像画和写生，吸收西洋画的表现手法。著有《慎机论》等书。

"那家伙从小就爱捣蛋,当了孩子头目后,我曾经去同他大打过一场呢。"坂井把他们在孩子时期的事也脱口说了出来。

宗助便问:"那他为什么还企图把假的华山手笔卖给你呢?"

坂井听了笑笑,作了解释:"嗯,这是因为早在我父亲健在时就是他的老主顾,他便不时送些小玩意儿上门来兜售。但是他不懂这一行,满心只想赚钱,实在令人不好对付。不久前我经他手买进一架抱一手笔的屏风,他尝到了甜头……"

宗助心里一惊,但不便中途打断对方的话,因此没吭声。坂井继续说:"从此他更加起劲了,不断地拿来一些他自己也不知是何物的字画……还把大阪仿制的假的高丽窑也当作宝贝一样摆在店头。"

坂井最后说道:"喏,在他那里嘛,除了厨房用的餐桌呀,至多加上一些新铁壶之类的东西吧,就没什么可买的啦。"

说着说着,两人已走至坡前。坂井得由此向右拐,宗助则必须由此向下走了。宗助很想跟着他再走一会儿,以便打听一下屏风的事。但觉得特意绕远路显得不太适宜,便分手了。

临分手时,宗助问:"改日去府上打扰,行吗?"

坂井很高兴地答道:"请来吧。"

这天是个无风的好天气,太阳普照大地。但是屋里充溢着寒气。阿米特意把宗助的衣服搁在活动暖炉上,并把暖炉放在客堂间的中央,一心等丈夫回家来。

今年入冬以来,白天生暖炉还是第一次。虽说晚间早就用上暖炉了,却总是搁在那间六铺席屋子里的。

"把这种东西搁在客堂中央,你今天是怎么啦?"

"哦,什么来客也没有,我想没关系吧。那间六铺席房间给小六住着,实在太窄了。"

宗助这才想到家里还住着小六。阿米替他在衬衫上添了件棉布衣服,他盘好带子。

"这儿是寒带,一定要置暖炉什么的才行。"宗助说。小六住的那六铺席房间,地席虽不清洁,却是朝南朝东,是家中最暖和的一个房间。

宗助拿过茶杯,喝了两口阿米斟来的热茶。

"小六在家吗?"宗助问。小六应该在家的,但是六铺席房间里毫无声息,不像有人的样子。阿米想转身去叫小六,宗助却制止说:"没事,不必了。"便顾自钻进暖炉盖被里,躺了下来。客堂间的一面是朝向山崖的,这时已暮色降临。宗助枕着自己的手臂,什么也不想,只是望着眼前又暗又窄的景象。于是,阿米和阿清在厨房干活的响声,听着就像是完全无涉的邻居发出来的一样。这时,屋里越来越暗,宗助只见到纸拉门显出一些朦胧的白色。但他一动不动,也不开口敦促上灯。

宗助从昏暗中走到吃饭间,面对晚饭的餐盘,这时,小六也从六铺席房间里出来,在哥哥的对面坐下。阿米说着"看我忙得把那都忘掉了",起身去关客堂间的纸拉门。宗助本想提醒弟弟"你嫂子忙不过来,天黑后最好相帮着点一下灯或关一关拉门",但是想到小六刚搬来不久,这种有伤情面的话还是不说为好,便没说出来。

弟兄俩坐等阿米由客堂间折回来后,才伸手端碗。这时候,宗助才说起"今天下班回家时在家具店门前见到坂井,坂井说从那个戴着大眼镜的家具店店主处买进了抱一手笔的屏风"一事。

"哦?"阿米听后,两眼对着丈夫的脸望了一会儿,又说,"嗯,一定是那架屏风,一定是的。"

小六起先没有插嘴,但是听着听着,大致听明白哥哥、嫂子在谈的什么事后,便问道:"究竟卖得多少钱呀?"

阿米在回答之前,望了望丈夫的脸色。

吃完晚饭，小六径自回六铺席房间去了。宗助又回到暖炉处。过了一会儿，阿米也来炉边暖脚。于是两人交谈起来，认为不妨在这个星期六或星期天去拜访一下坂井，看看那座屏风。

到了星期天，宗助照例像每个星期天一样，睡了个大懒觉，白白耗去了午前这半天的时间。阿米又说头痛什么的，偎近火盆，显得懒洋洋的，什么也不想干。宗助想到，在这种时候，要是那间六铺席房间空着，阿米从早晨起就有地方落脚了，但是给小六住了，这就等于间接地剥夺了阿米的避难场所。为此，宗助心里感到很对不起她。

宗助建议，要是感到不舒服，可以在客堂间铺床睡下。但是阿米有所顾忌，没有随便表示同意。于是宗助说，那么，再把暖炉搬到那里好吗，反正自己也要烤烤火的。这才命阿清把暖炉和炉罩子以及炉盖被搬到客堂里。

小六在宗助起来之前，就不知到什么地方去了，上午连个人影都不见。宗助也没为此特意向阿米探问。近来宗助日益觉得，由自己提及小六的事而要阿米来解答，这是颇为难人的做法。宗助有时冒出过这样的想法：要是阿米主动在弟弟的事上进谗言什么的，那自己或者批评她一通，或者安慰她一番，事情反而好办。

到了晌午时分，阿米依旧拥炉而睡。宗助想，索性让她静睡一番，倒可以养养身子，便悄声地离开房间，到厨房里对阿清说，自己现在到崖上的坂井处去一次，然后在日常穿的衣服上套一件和服马褂，出去了。

大概是因为先前一直处在阴郁的屋子里的缘故吧，现在来到大街上，顿时感到很舒畅。同时身上的肌肉同寒风相搏，一时紧缩起来，令人在这隆冬的振奋心情中产生了某种快感。这使宗助边走边想及阿米老待在家中实在不好，天气好一些的话，也得让她出来呼吸呼吸室外的空气，否则有损健康。

宗助踏进坂井家的院门，见正门同厨房门之间的那段树篱上，有一件红色玩意儿跃入了眼帘——冬天不该有这种红色花草吧？走近去仔细一看，原来是件罩在玩偶身上的小睡衣，衣袖中通常有细细的竹篾，使睡衣紧贴在扇骨木的枝条上而不致掉下来，那挂法极其巧妙，看来非女孩子莫属。但宗助从来没有抚育过孩子，更不曾有过这种爱淘气的女儿。所以见到这种本很寻常的晒干红色小睡衣的情景，不禁停步瞅了好一会儿。于是，他联想起二十年前的旧事——父母为已经不在人世的妹妹摆设了红色梯形偶坛[1]、五童子[2]合奏的玩偶、图案很美的干点心，以及甘美的醇白酒。

坂井先生虽然在家，却正在吃饭，只好等他一下。宗助一坐下来，便听到邻室传来晒红色小睡衣的孩子们的骚闹声。女仆推开纸拉门端茶出来时，门后出现四只大眼睛瞅着宗助；端火盆出来时，背后又露出另外的小脸。大概是因为初见面的关系吧，纸拉门每开一次，露出来的脸儿看上去都是不同的，令人分不清究竟共有多少名孩子。好不容易等到女仆退下了，顿时又有人把纸拉门推开一寸左右的门缝，只从缝隙间露出一些又黑又亮的眼睛。宗助觉得怪有意思，默不作声地招招手，纸拉门却一下子紧紧关上了，门里传来三四个人的一阵笑声。

不一会儿，听得一个女孩子说道："我说，仍像平时那样，由姐姐来当姑妈吧。"

于是，身为姐姐的女孩子作了说明："好，我今天来当西洋姑妈。东作当父亲，得叫他'爸爸'，雪子当母亲，得叫她'妈妈'。大家同意吗？"

---

1 三月三日女孩节时陈列偶人等玩意儿的阶梯式台架。
2 也是女孩节时盛行的玩意儿。女孩节时会制作五个童子偶人，分别为吹笛、打鼓、唱歌等形态。

这时传来了第三个人的声音："真是新鲜呀,要称呼'妈妈'[1]……"说着快活地笑了。

"我嘛,当然照旧,当祖母啦。这祖母也得有个洋名称才行吧。该怎么称呼祖母呀?"有人问道。

"这祖母嘛,还是称祖母算了。"姐姐又作了说明。

在接下来的一段时间里,可以听到互相频频致意的对话,诸如"有人吗""从哪儿来的呀"。其间还穿插着学电话铃"叮铃铃"的声音。这一切使宗助听得饶有兴趣。

这时候,里面传来了脚步声,大概是房主来了。他先走进邻室,立即加以制止地说:"哎呀,你们不能在这里胡闹,快到那边去,家里有客。"

于是,立即有声音回答说:"不高兴嘛,爹爹。不给买大马的话,就不走。"

听嗓音,这是个小男孩。可能年龄还小的关系,舌头不大灵活,所以想表示反抗,也显得很费劲。这使宗助感到格外有趣。

房主就座后,为让宗助久等而表示了歉意。这时候,孩子都跑光了。

"好热闹啊,太有趣了。"宗助说出了真实的感受。

房主大概认为这是客气话,便带着点儿解释的味道,回答说:"哦,您也看到的,真是吵死人!"

接下去,房主向宗助谈了许多孩子们调皮捣蛋的事。例如:拿漂亮的中国货花篮去盛满煤球放在壁龛里当摆设,在房主的高筒靴里灌水养金鱼,等等。这都是宗助前所未闻的新鲜事。

房主又说:"不过,由于女孩子多,在衣物上的开销颇大,出去旅行两个星期后回家一看,全都像一下子长高了一寸,叫人觉得像是

---

1 大概日本当时还不时兴称母亲为妈妈。

在背后紧紧逼上来,非要你给添置新衣不可似的;好,要不了多少日子,有的又得给筹备出嫁了,那就不光是忙得你团团转,经济上的负担也够你受的……"这些话在没有孩子的宗助听来,并没能产生什么同情感。与之相反,宗助觉得房主在嘴上直嚷孩子太烦,脸上却一点儿也没有出现苦恼的神色,这倒叫人不胜羡慕。

宗助看准时机差不多了,便向房主表示:能不能拜见一下上次谈到过的那架屏风。房主立刻表示同意,啪啪啪地击掌招呼仆人把收在库房里的屏风取来。然后对宗助说:"两三天之前还一直竖在这里的,可是那些孩子爱成群地聚到屏风后面胡闹,要是被弄坏了还得了,便收起来放进库房了。"

宗助听房主这么说,不禁感到现在还来麻烦人家,要求看屏风,真是太不好意思了。其实,宗助也并没有那么强烈的好奇心——非把事情搞清楚不可。东西一旦属于别人所有,不论它原先是不是自己的旧物,反正核实清楚了,也是毫无实际意义的事。

然而遵照宗助的要求,屏风不一会儿就从里面经过走廊搬了出来,出现在宗助的眼前。不出所料,这正是不久前竖在自己客堂间里的东西。可是目睹这个事实,宗助的心里却没有产生什么震动。只是看到这屏风竖立在眼下自己所坐的环境里:那壁龛里的摆设,那地席的色调,那天花板上的木格子,那纸拉门上的花纹,再加上得由两名仆人小心翼翼地从库房中搬出来,凡此一切,都使得他看上去觉得比放在自己家中时不知要名贵多少倍了。可是他一时竟想不出应该说些什么,便只能用原有的眼光,呆呆地看着原来看熟的东西。

房主误以为宗助是眼光很厉害的鉴赏家,所以站着把手搭在屏风的框框上,望望宗助的脸,又望望屏风的画面。见宗助不肯轻易做评论,便说道:"这是一件有来历的东西,很有身份哪。"

"哦,怪不得呢。"宗助只是这么答道。

房主接着绕到宗助的身后，用手指东指指西点点地向宗助做着介绍和品评。其中有一些是宗助不曾听到过的，诸如"不愧是大名家的手笔，不惜用贵重颜料上色，美极了，这是这位画家的特色"。但也有不少话是属于常识性的。

宗助抓住合适的时机，很有礼貌地道谢致意后，回到原座位上。房主也重新在坐垫上落座。这一次两人扯起了"野路和天空"云云的题字和字体。在宗助看来，房主是个对书法和俳句很感兴趣的人，简直不知他是如何把这许多知识和素养装入脑袋中去的。宗助不免自惭形秽，尽可能不吭声地洗耳恭听对方的高论。

房主见客人对这方面缺乏兴趣，便把话题拉回到画上，热忱地表示说：所收藏的画册和挂轴虽然无多，但要是愿意，则可取出来请过过目。宗助对这样的厚意，只好表示婉谢。倒是说："太冒昧了，可否请教是花多少钱买的？"

"哦，简直同拾来的差不多，只花了八十元。"房主立即答道。

宗助面对房主而坐，心里在犹豫：要不要把这屏风的事悉数摊出来呢？结果认为还是说出来舒畅，便原原本本地说了。房主听着，颇感惊讶，不时回答着"啊""哦"，后来明白是自己误解了对方的来意，不禁纵声笑了起来，说道："哦，你原来并不是为爱好字画而来看屏风的呀。"

同时表示，早知如此，当时用相当的代价径自向宗助求让就好了，真是可惜。最后，还大骂支路上那爿家具店的店主"实在混账"。

宗助同坂井的关系从此大为亲近起来。

十

　　佐伯婶母和安之助后来再也没到宗助家来过。宗助是本来就无暇到番町去，而且也没有那种兴致。虽说是至亲，却像是生活在两个世界上的人一样，毫无干系。

　　只有小六不同，好像是时常去佐伯家坐坐的，但也没有走动得太频繁；而且每次回来，也从来不同阿米谈谈婶母家的情况。阿米疑心小六的这种做法是有意的，但想到自己既然同佐伯家没有什么大的利害关系，听不到婶母家的消息反而是求之不得的事呢。

　　然而，阿米还是能不时从小六、宗助弟兄俩的谈话中，听得一些佐伯家的情况。大概在一个星期之前，小六告诉哥哥，安之助又在苦心钻研一项新发明的应用事宜：不用油墨就可印制出鲜明的印刷品来。使人一听就觉得那是一种极可贵的工艺。不过阿米觉得，这种事同自己毫不相干，而且听了也不知所云，便照例默不作声。而宗助毕竟是个男子，听后不免产生了好奇心，追根究底地问"不用油墨怎么能印制出东西呢"等问题。

　　小六不具备这方面的专业知识，当然无法作出确切的解答，只能把安之助说过的情况，尽自己记忆所及，仔细加以说明："这一印刷术是英国近来的新发明，归根到底，无非是利用电的功能，把一个电极与铅字联在一起，把另一个电极与纸相接，只要把纸压到铅字上，就立即印制出来了。"小六还复述安之助的话，说道："印制出来的东西一般是黑色的，但是掌握了一定的技艺，也可以印出红色或蓝色的，因此碰到要印彩色版什么的时候，别的且不说，光等待油墨干下来的时间就省掉了，其价值之重大由此可见一斑。如若印刷报纸时采用这一工艺，除了能省却油墨和油墨滚子的消耗以外，在整体上至少能比原来减少四分之一的麻烦，从这一点来看，也说明这是一项极有前途的事业。"听小六的口气，仿佛这一光辉的前途，安之助已经确实在握。而且小六说话时双目熠熠生辉，好像在安之助那光辉的前途中，也包孕着自己的身影。这时候，宗助照常以平静的态度，听着弟弟的说明，听完后，也不加什么观点鲜明的评论。宗助认为，这种发明实际上是实乎虚乎，反正在最后行世时才见分晓，现在是说不出该赞成还是该反对。

"那么，捕鲣船的事已经作罢论了啰？"迄今为止没有吭声的阿米开始搭腔。

"倒也不是作罢论，说是因为费用太大，纵然可以获利，也没有人肯干。"小六回答。这小六的口吻，好像多少是代表安之助的利害关系似的。接下来，三个人又交谈了一会儿。

最后，宗助说道："不论做什么事，都不可能那么一帆风顺呀。"

阿米接口说："像坂井先生那样，有金钱，能逍遥自在，才是最大的乐事呢。"

听了阿米的这番话后，小六便回到自己屋里去了。

有关佐伯家的情况，宗助夫妇只有在这种情况下断断续续地了解到一些，除此之外，两家人都在互不相闻中过着日子。

有一次，阿米向宗助提出这样的问题："小六弟每次到安弟那儿去，总会得到点零用钱什么的吧？"

宗助从来没有去注意小六的这些事，听阿米突然一说，便反问："为什么呢？"

阿米犹豫了一会儿之后，提醒宗助说："嗯，小六近来常常是喝过酒回来的呢。"

"说不定是安弟谈着那个什么新发明能赚大钱时，看小六听得高兴，发给了奖金呢。"宗助说着，笑了。两个人的交谈到此为止，没有往下发展。

过了两天，在第三天的傍晚，小六又是过了吃饭时间还不回来。等了好一会儿之后，宗助表示"肚子饿了"。尽管阿米因顾虑到小六，希望再等一会儿，劝宗助先去洗个澡什么的，宗助却不予理睬，开始用饭。这时阿米对丈夫说："你得主动找小六谈谈，叫他别喝酒啦。"

"难道他已经喝得那么厉害，以致有此必要提意见吗？"宗助显出有点儿意外的神色。

阿米不得不辩解："当然还不至于如此严重。"不过阿米确实担忧小六也许在白天家中没人的时候，喝得满脸通红地回来闯祸。宗助则采取姑且听其自然的态度，但在心里不免狐疑：难道小六真会如阿米所言，会特意拿了人家的钱或借了人家的钱去喝酒吗？他平时是不怎么爱喝的呢。

不知不觉中已近岁暮了，黑夜降临，仿佛即将占领整个的世界。天天刮着大风，听听这种风声，就令人感受到生活中充斥着阴郁的节奏。小六无论如何忍受不了关在六铺席房里过上一天的日子。他越是想安静下来，脑子里越是憋得难受。他也不愿意到吃饭间去与嫂子交谈，只好出去，到朋友的家里转上一圈。朋友起先照常接待他，一起谈谈年轻学生感兴趣的事。但是这一类话谈光了，小六还是去，朋友便暗下嘀咕：这小六是因为过得无聊，才来访友，反复谈这些老话的呀。于是，朋友偶尔有意暗示自己连学校的功课都忙不过来，哪有时间奉陪闲聊。小六受到如此怠慢，自然极不高兴，但是待在家中的话，又简直读不进书，也无法静心思考问题。总而言之，像他这样的青年人，正是应该好好用功、力求向上的时候，奈何内心的混乱和外在的制约，终使他落得个寸步难行。

然而，在冷雨横扫的时候，或在化雪季节道路极其泥泞的时候，鉴于衣服一定会被淋湿以及非要把袜套上的泥巴弄干是很麻烦的事，小六也就不得不酌量情况，待在家里。在这种日子里，小六显得手足无所措，不时走出六铺席房间，到火盆旁边，没精打采地坐下来，续水饮茶。这时阿米也在场的话，就免不了互叙几句家常。

"小六弟爱喝酒？"阿米曾这么询问过小六。

"新年马上就到啦，我说，你可以吃多少年糕羹？"阿米也这么询问过小六。

随着这种情况的屡屡出现，两人的关系也就渐渐地亲近起来。后来，小六会主动地求助阿米："嫂子，请你帮帮忙，把这儿缝一缝。"于是，阿米接过碎白条纹布的外套，缝补袖口处的破绽。小六坐在旁边干等，眼睛瞅着阿米的手指。对方若是自己的丈夫，阿米就会绝不吭声，一个劲儿地运针，这已成了她的习惯。但是坐在面前的是小六，她就不能按照那习惯行事了，这也是她的习性。所以这种时候，阿米就努力找话讲。在交谈中，小六常常露出对自己的前途感到不胜忧虑的情绪。

"哦，你小六弟还年轻着嘛，不论做什么，正是刚刚开始啊。你跟你哥哥不同，不必那么悲观。"

阿米这么安慰过小六两次。第三次，阿米是这么问小六的："安弟是否担保明年一定设法安置你呀？"

小六听后，显出恐怕靠不住的神情，说道："哦，安兄的计划嘛，看来仅仅是他的如意算盘。我越想越觉得有些靠不住。捕鲣船也赚不了很多钱的。"

阿米看着小六满脸怅然若失的神态,不禁联想起他平时带着酒气回家、莫名其妙地露出一副怒容的样子。这二者相比之下,使阿米从心底里觉得他是那么可怜而又那么可笑。

于是,阿米颇表同情地说:"说真的,只要你哥哥有钱,无论怎么样也会为你尽力的……"这倒不是在说什么现成的风凉话。

大概就是在当天的傍晚吧,小六又披着一件御寒的大衣出去了。但是八点钟过后已回来,当着兄嫂的面,从宽大的袖兜里取出细长的白色袋子,说是天太寒,想做荞麦面片吃,就在去佐伯家之后回来时顺路买了。在阿米煮开水的时候,小六说是要熬鱼汤,便把鲣鱼在汤里不断地搅着。

当时,宗助夫妇已听到最新的消息,说是安之助的婚事决定延至明春举行了。这桩亲事是在安之助毕业不久提起的,在小六从房州回来、婶母拒绝资助学费的那个时候,亲事正在积极商谈。由于没接到正式的通知,宗助根本不知道究竟是什么时候谈定的,他只是从常去佐伯家而有所风闻的小六的话里,估计年内可能正式举行婚礼。此外,他还从小六嘴里获悉女方的家长是某公司的人员,生活是宽裕的,姑娘本人是女学馆[1]的学生,弟兄很多,此外就无所知了。姑娘的相貌,也只有小六从照片上看到过。

"长得很漂亮吗?"阿米问过这样的话。

"哦,是很漂亮呢。"小六这么回答过。

这天晚上,在弄荞麦面片吃的整个过程中,"为什么不在年底前正式完婚"这一点便成了三个人的话题。阿米臆测那是没有找到吉利

---

[1] 指当时在番町虎门的东京女学馆,学生多系上层人家的子女。

日子的缘故，宗助则认为是日子太逼促的缘故。唯有小六持不同观点，说出了一番平时没有过的前所未有的深于世故的话来："我看还是经济上来不及的缘故吧。不论怎么说，对方总是很体面的人家，婶母这方面也不能那么草率了事吧。"

十一

阿米出现病体缠绵的现象,是在红叶开始枯黑的晚秋时节。除了住在京都的时期不说,住在广岛和福冈的时期,阿米都没有很健康地生活过一天。在这一点上,可以说阿米回到东京后,还是没什么幸福可言。阿米曾经有过很烦恼的表现,以致疑云重重——恐怕故乡的水土同我这个女子不相容吧。

近来,阿米渐渐趋向平静了,需要替宗助操心的事儿很难得发生,一年中有几次都可以数得出来。因此,宗助天天上班下班,阿米天天在家看门,能一起安安稳稳地过着日子。所以到了今年秋末,霜风劲吹,肌肤疼痛,阿米尽管感觉到有点儿不适,但也没有视作多大的苦事。起先连宗助都被她瞒过了。等到宗助有所觉察而劝她去看病,她也不肯听从。

在这当口儿,小六住了进来。宗助留心观察着阿米的近况,毕竟是做丈夫的,心里很清楚她的身体状况和精神状态。宗助想,家中增加了人口,本该尽量搞得整洁一些。然而事不得已,只好听其自然。宗助在嘴上劝阿米"必须尽量地保持安静",实际上是有些矛盾的。阿米听后,轻轻一笑。

"不要紧的。"她这么说。听到这样的回答,宗助越发不能安心了。但是说来也很奇妙，自小六住进来之后，阿米的精神反而好得多了。她觉得自己从此多少增加了些责任，所以情绪相当紧张，反而比平时更加不辞辛劳地照料着丈夫和小六了。这一点，小六不会了解，但是宗助看了，心里是很清楚的——阿米比往日付出了多大的辛劳哪！宗助由衷地涌起一种前所未有的感谢之情，同时又为妻子的生活过分紧张、结果可能搞垮身体而深深地担忧。

不幸这种担忧竟在十二月下旬突然变成了现实。宗助预期中的恐怖之火顿时爆发了，使他狼狈不堪。

这天浓阴蔽日，天空一早起就显得很厚，苦寒终日盘踞在人们的头顶上。阿米头天晚上又没能睡好，到了早上，硬支着疲惫的脑袋，坚持着操劳，但是举止之间，头部多少出现一些疼痛。然而，可能是置身在外界比较明快的刺激之下的缘故吧，反而比一味闷睡所引起的头痛好受。阿米心想，不论怎么说，暂且克服一下，等侍候丈夫上班去以后，总会轻快些的。哪知宗助走后，阿米觉得自己的义务已告一段落，浑身一松弛，那阴沉的天气便向阿米的脑袋频频发起进攻。仰望天空，天空也像冻住了似的；坐在屋里，直感到寒气透过阴郁的纸拉门，沁人肌骨，使脑袋阵阵发烧。事不得已，阿米只得把早晨拾掇好的被具再取出来，在客堂间里铺好，随即躺下。然而，她依旧感到很难受，遂命阿清把湿毛巾略绞之后，拿来镇在脑袋上。毛巾不一会儿就被镇热了，于是把金属洗脸盆移近枕畔，以便不时浸绞毛巾。

午前，阿米就是用这种办法应付着，不住地用冷毛巾镇前额，但是根本起不了什么作用，也就无意勉强起来去同小六一块儿吃饭了。她吩咐阿清弄好饭菜，给小六端去，自己仍然躺着。接着，她要来了丈夫平时用的软枕头，取代头下的硬枕。她已经顾不得软枕会揉乱女人们苦心经营的发式了。

小六从六铺席屋里出来，把堂屋的拉门推开一点儿，探视阿米，只见阿米侧身向着壁龛，闭眼躺着。小六以为她睡着了，就一声不响地仍把拉门轻轻地合上。然后，独自面对大餐桌，开始往嘴里扒拉茶泡饭，霍霍作响。

大概在两点钟吧，阿米总算蒙蒙眬眬地睡着了。一觉醒来，只觉得额上的湿手巾已热得似乎要干了，脑袋倒感到稍稍舒服些了，只是整个肩膀至背脊间新出现了一种僵硬的感觉。阿米想到必须振作起来，否则将不堪设想。于是起身，一个人勉强吃了点儿早已过了时间的午饭。

"您感到好些了吗？"阿清一边伺候，一边屡屡地询问。阿米感觉好得多，便命阿清拾掇好被具，自己挨近火盆而坐，静等宗助回家。

宗助按时回到家里，说是神田大街已经挨门挨户竖着旗幡，开始年关大减价，露天商场已支起红白色的幕布，乐队不停地吹打，极为热闹……

最后，他怂恿地说："真是热闹极了，你该去看看，嗯，乘电车去，很方便。"而他自己的脸庞像是受到寒冷的侵蚀似的，冻得红通通的。

阿米听到宗助的慰藉后，实在不忍心说出自己身体不适的情况。事实上也的确没有不适到不得了的程度。于是，她一如往常，若无其事地帮助丈夫换上和服，把换下的西装折叠起来。这时薄暮已过。

但是时近九点钟的时候，阿米忽然对宗助说"身子有点儿不适，要先睡了"。阿米说话一直像平时健康时那样，这倒使宗助听后有点儿吃惊了。经阿米强调"没有什么大不了的事儿"之后，宗助才放下心来，赶紧让阿米安排就寝。

阿米上床后的二十分钟里，宗助耳听身旁铁壶里水沸的响声，让圆芯油灯照着这静夜，脑海里浮起下一个年度要给普通官吏加薪的说法，又想起"在加薪之前准定要实施改革或裁员"的传言，于是为自己的前途会有什么变动而心神不定，又为招呼自己到东京来的杉原现在已不在本部当课长而感到遗憾。说来也有些奇怪，宗助自来到东京后从未生过病，所以也从未有过缺勤的事。宗助中途辍学后几乎没碰过什么书本，因此学问还不如一般的水平，然而办起公务来，头脑尚能胜任，没有出过大的差错。

宗助把各方面的情况加以综合分析，心里有了自信：嗯，前途是乐观的。于是用指尖轻轻地敲敲铁壶。

这时，堂屋里传来阿米略带苦痛的叫声："哦，请来一下。"宗助不由自主地站起来。

走进堂屋一看，只见阿米眉头紧蹙，右手压在肩膀上，致使胸部都露到被子外了。宗助伸出手去，机械地压向那肩膀，在阿米的右手上面，使劲按按肩上的硬骨。

"再稍许往后一点儿。"阿米像是指点部位地说道。宗助的手只得经过前前后后地几度变换位置，才落到了阿米要求的部位上。他用手指撅了撅，觉得在颈部同肩部联结处再靠向脊背部位的一个局部地方，像石块似的发僵。阿米要宗助拿出一个男人应有的全部气力，使劲按这个地方。宗助的额上渗出了汗水，仍旧达不到阿米要求的那个力量。

宗助记得一种从前称之为狭心症的病。幼年时期他曾听祖父说过这样一段故事：一个武士乘马去某处，途中，急性狭心症突然发作，武士立即跳下马，抽出短佩刀，割开肩膀放血，于是保住了性命。现在这段故事在宗助的记忆焦点上清清楚楚地浮现出来了。宗助顿时觉得这是不能听之任之的，然而该不该用刀去刺破肩膀的肌肉呢？宗助举棋不定了。

阿米的脸上出现了不寻常的升火现象，连耳根都发红了。她听到宗助问"脑袋发热吧"，便带点儿苦痛地答道："热。"宗助大声地命阿清用冰袋盛好冷水，送来派用处。不巧得很，冰袋没有。阿清便像早晨时一样，把毛巾浸在金属洗脸盆中，端了进来。在阿清作冷敷的过程中，宗助依旧用劲按住阿米的肩膀，不时问一句："好一些了吗？"阿米听后，只是无力地答道："难受。"宗助完全不知所措了，咬咬牙，想自己跑去请医生，却又放心不下，还是没敢离开。

"阿清，你赶紧上街去买冰袋和请医生。时间还早，大概还赶得上。"

阿清立刻站起来，看看吃饭间的时钟，一边说"现在是九点十五分"，一边急匆匆地趸回厨房门口，窸窸窣窣地寻找木屐。

这时候，恰好小六从外面回来。小六一如往常，不同哥哥打什么招呼，就朝自己的房间迈去。宗助大声喊住了小六。小六在吃饭间停了停，听得哥哥又接连大声地喊了两声，只好低声答应，由纸拉门中探出头来，脸上带有喝过酒的样子，眼眶显出尚未褪尽的红色。

小六凝神瞅瞅房里，这才现出吃惊的神态，说道："怎么回事呀？"醉态也顿时消失了。

宗助把吩咐阿清的那一番话，向小六重复了一遍，催小六"赶紧去一下"。小六外套也没脱，回头就向门口跑。

"哥哥，跑去找医生，再快也得有段时间，还是去借用坂井先生的电话，要求医生立即来吧。"小六这么说。

"哦，对，就这么办。"宗助答道。在小六回来之前的这段时间里，阿清已屡次遵命换金属洗脸盆里的水，宗助则全力以赴，在阿米的肩膀上又是按又是捏。宗助忍受不了光是睁眼望着阿米那副苦痛的样子，便借此举动，抵消掉一些心中的焦急。

宗助此时望眼欲穿地盼望医生能快点儿来。他不停地揉着阿米的肩膀，心急如焚地留意着门口的动静。

等到医生终于到来，宗助才如释重负。医生毕竟有些生意人的气质，镇定自如，毫不慌张，把小小的折叠式皮包拖到一旁，以从容不迫的态度，像对待慢性病患者似的，慢条斯理地进行诊察。在一旁的宗助可能是受到医生安详神情的感染吧，忐忑不安的心也终于镇静下来了。

医生向宗助关照了急救办法：要在患部敷芥末，用湿布温脚，还要用冰镇额。接着，医生搅和芥末，亲自敷到阿米的肩部至颈根处。阿清和小六手持湿布为患者温脚，宗助则在患者额部的毛巾上放置上冰袋。

大家这么忙了一阵，一个小时过去了。医生说他要观察观察症状的变化，所以一直坐在阿米的枕旁。这其间，大家偶尔也扯几句闲话，但基本上是保持沉默，往往是有两个人同时注视着阿米的神态。夜阑人静，与平时没什么两样。

"好冷哪。"医生说道。宗助听了，觉得十分抱歉，遂仔细问过接下来的护理要领后，向医生表示"可以放心地交给我来看护"，因为这时的阿米已比先前好多了。

"已经不碍事了。我看服一剂药吧，今晚一次服下，估计会睡得很好的。"医生说过这话后回去了。小六也紧跟着出去了。

在小六去取药的时候，阿米仰脸望着枕边的宗助，问道："现在几点钟啦？"

同傍晚时分相比，阿米脸颊上的红晕已消退，在煤油灯光的映照下，显得特别苍白。宗助觉得这是头上黑发蓬乱的缘故，便伸手把她的鬓发向上拢拢。然后问道："好些了吧？"

"嗯。好多了呢。"阿米像往常那样微微一笑。她在困苦的时候，面对宗助时总不忘脸带笑容。这时，阿清趴在吃饭间的桌上打瞌睡，有呼噜声传来。

"你去叫阿清上床睡觉吧。"阿米这么要求宗助。

小六取了药回来，阿米遵照医生的嘱咐服下药，这时已近午夜十二点钟了。又过了近二十分钟光景，病人也安静地入睡了。

"气色好多了。"宗助瞅着阿米的脸，说道。

小六也注目望了望嫂子的神情，答道："看来是可以放心了。"

两人便把镇放在阿米额上的冰袋取掉。

不一会儿，小六回自己的房间去，宗助在阿米的旁边摊开被具，像往常一样睡下了。过了五六个小时，满撒霜针的冬夜逝去，曙光初露。又过了一个小时，旭日的光芒浸染着大地，无所顾忌地透彻清空。阿米还在酣睡。

早餐已经就绪，上班的时刻在渐渐逼近，但是阿米一点儿也没有要醒过来的样子。宗助俯身枕畔，听着阿米沉睡的呼吸声，心里在琢磨：今天上班，是去呢还是不去？

十二

上午，宗助虽然同往常一样地在机关里办公，但是昨晚的情景不时浮现在眼前，同时，不由得要时时惦念阿米的病状，这就无法尽心工作，甚至发生莫名其妙的差错。等到上午过去，宗助便断然回家了。

在电车里，宗助的脑子里老在想：阿米什么时候醒的呢？醒来后的情绪很好吧？不用担心再次发作了吧？——一味从好的方面去想象。现在是乘客处于低潮的时候，宗助可以同平时不一样，几乎无须理会周围的事物，让头脑中自由自在地闪现着一幅幅的画面。不一会儿，电车到了终点站。

走到家门口，没听见屋里有什么声息，似乎一个人也没有。宗助推开格子门，脱去鞋子后跨进正门，依然不见有人出来，便一反平时由廊沿步入吃饭间的习惯，马上推开近手的纸拉门，走进阿米下榻的客堂间，只见阿米依然躺着，枕旁的红漆盘里放着袋装的药粉和茶杯，连杯里留有的半杯子水都同早晨时一式一样。阿米的脸部朝着壁龛，可以看到一小部分的左颊和贴有芥末的颈部，这种样子也和早晨时相同。阿米像早晨一样睡得很熟，使人感到她除了呼吸之外，是与现实世界毫无瓜葛的。总之，一切都和宗助早晨离家时看到的情景没有任何不同。宗助顾不上脱外套，俯身听听阿米均匀的呼吸声。看来，阿米不会很快醒过来的。宗助屈指算过阿米昨晚服了药粉后至现在的时间，不安的表情便渐渐形诸于色。在昨晚之前，宗助一直为阿米的失眠而担心，但是现在面对阿米这种一味的沉睡，不禁疑心会不会有什么异常。

宗助伸出手，隔着被子轻轻推了几下，只见她的头发在软枕上波动了几下，依旧酣睡不醒。宗助便顾自经过吃饭间走到厨房，见没有涮洗过的瓷器和漆器的碗盏都浸在水槽处的一只小桶里。宗助朝女仆的房间里望望，见阿清正倚着饭桶，俯首打瞌睡，面前搁着一只小小的饭盘。宗助又推开六铺席房间的拉门，探进头去，见小六把一床盖被从头蒙到脚地在睡觉。

宗助自己换穿上和服，自己把脱下的西服折好，收进壁橱，然后把火盆弄旺，张罗着烧开水的事。宗助偎着火盆思索了两三分钟，旋即站起身，先去叫小六起来，又去唤醒阿清。小六和阿清都是在惊魂未定中跳起来的。宗助向小六询问阿米今天早晨以来的情况，小六回答说：自己实在瞌睡，所以在十一点半左右吃了饭就去睡觉了，那时候阿米依然在沉睡。

"你去医生那儿问一问，说病人昨晚服药后就入睡，至今没有醒过，不知碍不碍事。"

"是。"

小六简洁地答应后就走了。宗助再返回客堂间，审视着阿米的神态，心想：由她这么睡下去，恐怕不好；唤醒她呢，又怕会影响她的休息。宗助抱着手臂，感到进退维谷。

不久，小六回来了，汇报说：医生方才正要出诊去，听了情况后，表示去一两处生病的人家绕一下就赶来。宗助问道："在医生没赶来之前，就这么坐等着成吗？"小六只说"除了上面的话以外，医生没说任何别的"，宗助听后，只好照旧坐在枕旁静等，心里觉得医生和小六都太缺乏热情。宗助又联想到昨晚自己在照料阿米时看到小六回家时的那张脸，心里更加不愉快。宗助第一次得悉小六喝酒的事，乃是阿米反映的。后来宗助留神审察弟弟的神态，确实，小六身上是存在着某些不安详的地方，于是宗助考虑过"哪天得认认真真地劝诫他一番才行"，但又觉得弟兄俩当着阿米的面沉下脸来说话，不免使阿米难堪，所以至今欲言而止。

"要启口的话，现在阿米熟睡着，正是时候。眼下，双方的交谈无论怎么不投机，也不会刺激到阿米的神经的。"

宗助考虑到了这一层，但瞅见阿米沉睡着的脸，又为阿米这方面操起心来，极想立即把她叫醒，以致对劝诫小六的事感到犹疑不决，没能付诸行动。就在这个时候，医生驾到了。

医生照旧把昨晚的那只折叠式公文包轻轻地拉近身边，一面悠然地吸着烟，一面"嗯，嗯"地听着宗助说话，接着转向阿米所在的地方，表示："好，现在来看看病人的情况吧。"医生像往常那样替病人搭脉，久久注视着自己的表。接下来，便把黑色的听诊器放到她的胸部，这儿那儿地移动着仔细谛听，最后取出一只圆孔的反射镜，命宗助点支蜡烛来。宗助没有蜡烛，便命阿清点上油灯。医生把阿米沉睡着的眼皮撑开来，让反射镜的光尽量聚集在睫毛后面。诊察至此结束。

"是药的功效有点儿过分了啊。"医生说着，转过脸来看宗助，但一触及宗助的目光，立即加以说明，"不过不用担忧，要是真会有什么不妙的情况，这时候一定先在心脏和脑子方面有所反映的。而据我方才的诊察，没有发现这些方面有什么异常。"

宗助听后，才算舒了口气。医生又谈道："自己让病人服的安眠药是较新的产品，从学理上来说，这药没有其他安眠药都会有的副作用，此外，它的药效会因患者体质的不同而出现程度悬殊的反应。"医生讲了这一番话后走了。临走前，宗助问道："这么说来，病人要睡就由她去睡也不要紧的啰？"

医生立即回答说："没有什么事情，就不必特意唤醒她吧。"

医生走后，宗助的肚子顿时饿起来，便走到吃饭间，见先前挂着的一铁壶水已经烧得咝咝咝地直滚。宗助呼唤阿清，命她把饭菜拿出来。阿清神色为难地回答说：饭菜都还不曾烧哩。确实，离吃晚饭还有一段时间呢。宗助便在火盆旁安安逸逸地盘腿而坐，嚼着萝卜酱菜，狼吞虎咽地连吃了四碗茶泡饭。又过了三十分钟左右，阿米自己醒了。

十三

宗助留意到新年即将来临,走进了好久没去的理发店理发。也许是岁暮的关系吧,顾客相当拥挤,可以听得两三个地方同时响起咔嚓咔嚓的剪刀声。因为宗助方才见到了大街上那种充满熬过寒冬、亟望早一天跨入新春的繁忙景象,便觉得眼下冲进耳膜里的剪刀声也好像特别忙碌。宗助坐在炉旁抽着烟等候,这时他感到自己不啻是一个身不由己地正在卷入庞大而与己无关的社会活动中度过旧年的人。宗助面对即将来临的新年,心里并没有抱什么新的希望,只是周围的气氛撩得他心烦意乱罢了。

阿米的病况终于渐趋好转。现在,宗助像往日一样外出,也不必过分惦念家中的事了。在这一般的人家本是比较清闲的春季,对阿米来说,却是每年都得忙碌一番的,宗助估计阿米今年也许不至于陷入往年的那种忙碌,打算过一个特别简单的年了。现在,他望着妻子那犹如复苏过来的鲜明身影,觉得可怕的悲剧仿佛已经远离了一步,感到十分快慰。但是,宗助又朦胧地感到那悲剧说不定会在某个时刻、以某种形式再次降临,弄得宗助的心里老是不踏实。

岁暮,世间那些唯恐没事干的人忙得不亦乐乎,简直在人为地加速本来就很短的白昼的流逝。宗助看着这番情状,更加感到那种朦胧的恐怖在向自己袭来,以至于希望最好能让他独自滞留在这阴郁灰暗的寒冬腊月里。这时,总算轮到宗助理发了。他望见自己的身影出现在冰凉的镜子中时,突然出神了:镜中究竟是谁的身影呀!脸部以下全蒙罩上了白布,自身衣服的颜色和条纹全不见了。这时,他还看到镜子的深处映照出理发店店主喂养的小鸟以及鸟笼,小鸟不时在栖木上闪闪跳动。

理发师在宗助的头上抹好发香的发油。宗助听着背后的欢笑声,走出店外,全身有一股舒畅的感觉。在清凉的空气中,宗助体会到阿米说得一点儿不错,理发的确有使人心旷神怡的功效。

宗助想起要为自来水税捐的问题去商谈一下,便在归途中弯到坂井家。女仆迎出来,说道:"请进。"宗助想,大概是到平时的客堂里去吧,却被带领着,通过客堂,走向吃饭间。只见吃饭间的拉门拉开了两尺左右,听到门里有三四个人的笑声。坂井的家中依然是那么生机盎然。

主人坐在锃亮的长火盆的对面一侧,主人的妻子没有坐在火盆边,而是挨着通廊庑的拉门处下坐,面部倒也朝着这个方向。主人的身后挂着一只嵌在细长黑色木框子里的挂钟。挂钟的右面是墙壁,左面是放茶具的橱子。室内还错综地裱糊着各种字画,有拓片、淡墨写意画、扇面等。

除了主人夫妇俩,屋里还有两个女孩子,她们肩靠着肩而坐,身上都穿着筒袖的花布罩衣。一个有十二三岁,另一个是十岁左右,一齐瞪大眼睛,望着由拉门外向里走进来的宗助,她俩的眼梢和口角处还清楚地留着刚刚笑过而未及收敛的笑容。宗助扫视了一下,发现屋里除却父母和孩子,另有一个奇妙的男子端端正正地坐在最近门口的地方。

宗助坐下后不到五分钟,心里就明白刚才听到的笑声,乃是这个奇妙的男子同坂井家的几个人交谈时发出来的。这男子生着一头灰蒙蒙而显得很不滑溜的红发；皮肤被太阳晒成紫铜色，看来这辈子是不可能褪掉了；身穿带瓷纽扣的白布衬衫，土布棉衣的领子处打着类似钱包绦子的长绳结；反正是一副不大有机会到东京等大城市来的山乡人的模样。更有甚者，这么冷的天，他还露出些膝盖，把塞在蓝色已褪的小仓布料衣带末端的手绢抽出来，擦擦鼻下。

"这位是背负着衣料，特地从甲斐上东京来销售的。"房主坂井这么介绍后，那男子转过身面对宗助。

"老爷，请赏脸买一些吧。"他这么致意。

宗助想，难怪丝绸、绉绸以及白线绸散得屋里到处都是。此人的服饰和谈吐虽然很怪，相比之下，想象到他背负着这些漂亮的衣料四处奔走的模样就更可怪。女主人解释道：这位丝绸织造商的家乡独多石头，石头会被太阳晒得烫手，因此出不了大米和小米，只好植桑养蚕，真是够穷困的山村，全村只有一家人家有挂钟，上高小读书的孩子一共才三个。

"能够写字的人嘛，不多不少就他一个人。"女主人说着，笑了。

那人认真地肯定了女主人的话，说道："确实是这么回事呢，太太。能写能算的人，村里确实再没有别人了，真是个鬼地方！"

男子把各种衣料推到主人夫妇的面前，不住地说道："请买点儿吧。"当对方表示价格太高而希望能减到某个价钱时，他便用异样的土腔，或者回答说："这价钱不够本。"或者说，"行，就这么卖给你吧。"或者说，"喏，请看看这货色的分量嘛。"他每次回答的话都惹得大家发笑。主人夫妇还闲得无聊，便半开玩笑地净同他打趣。

"老板，你这么背负着货色背井离乡，到了吃饭的时刻，总得吃饭吧？"女主人问道。

"肚子饿了，不吃饭怎么行呢！"

"在什么地方吃呢？"

"在什么地方吃？在饭铺里吃呀。"

房主笑着问："这饭铺是什么地方哪？"男子回答说："供我吃饭的地方呀。"接着又说，"刚到东京的时候，觉得饭真是好吃极了，要是放开肚子吃，一般供饭的宿店就非叫苦连天不可。不过每天三顿都这么吃法，也实在不好意思……"大家听后，又都禁不住笑了。

最后，男子把一匹捻线绸和一匹白绫罗卖给了女主人。宗助见年关在即，还有人买夏天用的绫罗，真是钱太多了。

这时候，房主怂恿宗助说："怎么样？你也顺便买一点儿，替夫人做件便装什么的吧……"

女主人也表示："趁现在这个机会买下来，价钱等于打了几个折扣呢。"

于是房主出来作担保地说："嗯，这钱嘛，你什么时候付都没关系的。"宗助决定替阿米买一反绸子。价钱方面，经主人从旁力争，结果杀至三元钱成交。

丝绸商同意成交后，说："这价杀得太厉害了，叫我要流眼泪呢。"大家听后，又都笑了。

看来，这丝绸商走到哪儿，都是使用这种鄙俚的语言说话的。每天，他到熟识的人家去打转，随着背上的货物渐渐减轻，最后光剩下蓝色的包袱布和绳络子了。他说："现在正是旧历年关，想先回乡下去，在山里过了新年，再尽力多多背些新的货物出来。"说是那时必须在养蚕繁忙的四月底、五月初之前，把货物全部卖掉，拿了钱再回到富士山北侧的那个遍地是石头的小山村里去。

"你到我们这儿来做买卖，已有四五年了。但你一直是这副老样子，一点儿也没改变哟。"女主人首先说到这一点。

"实在不容易呢。"房主也附和道。当今这个世界嘛，三天不出家门，街道就在不知不觉中放宽了；一天不看报纸，电车又会在神不知鬼不觉中开辟了新线。这位老乡每年要上东京来两次，依然浑身保持着山村人的本色，确实难能可贵。宗助留神观察着此人的外貌、神态、服饰和谈吐，不禁产生出一种同情感来。

宗助向坂井告辞后，在回家的路上，眼前不断地浮现出丝绸商的身影。他一边不时把掖在毛皮外褂腋下的衣料小包袱换换掖法，一边在想：这个以三元钱的廉价卖衣料给我的老乡，身穿粗布竖条纹的棉衣，泛红的头发粗糙无光，不带一点儿油气，也不知为的什么，却要把头发从头顶的中央漂漂亮亮地向左右分开。

家里，阿米总算缝好了宗助的春季短外褂，为使外褂平服，她把它垫在坐垫下，让自己在上面落座。

"我说，你今晚最好垫着它睡。"阿米说着，回过头来看看宗助。当阿米听丈夫谈及那个由甲斐到坂井家去的老乡时，也放声大笑起来。接着，她百看不厌地翻看着宗助带回来的绸衣料，多么好的花纹和质地！她还连声说："便宜，便宜。"

"怎么肯这么便宜就卖掉，不是要吃亏了吗？"最后，阿米问道。

"嗯，足见街上的中间商人是赚得多厉害啊！"宗助由这件绸料中窥见了这一行业中的某些内幕。

夫妇俩接着谈到"坂井家的日子过得宽裕"以及"唯其宽裕，才让支路上的家具商从中捞到了巨利，他家就不时从丝绸商那里求得弥补，廉价买下一些暂时用不着的料子，得点儿便宜"。最后，话题落到"坂井家中的气氛倒很不差，十分热闹"，等等。

这时，宗助忽然换了一种语调，对阿米说："嗯，这不光是钱多的问题，小孩子多也是一大原因。只要有小孩子，贫苦的家庭也会充溢着朝气的。"

在阿米听来，这种谈吐多多少少是丈夫在抱怨夫妇俩生活的寂寞和愁苦。所以阿米不觉把手从膝部的衣料上放了下来，看看丈夫的脸。宗助见自己从坂井家带回来的东西很合阿米的口味，便陶醉在好久没让妻子如此高兴的情绪中，也就没有留神阿米的这一举止。阿米朝宗助瞥了一眼，当时什么也没有说。不过，她是故意要把问题搁到晚上睡觉时再提的。

夫妇俩像平时一样，十点钟上床，阿米趁丈夫尚未入睡，对着宗助的方向发问了："我说，你先前是在说没有孩子实在寂寞吧。"

宗助觉得自己确实是泛泛而论地说过这种意思的话，但是自己说这种话，并没有要存心结合两人本身的情况，也没有要特别引起阿米关注的意思。现在见阿米重提这个问题，就不胜尴尬。

"我一点儿也没有要指我们自家的意思啊。"

阿米听见宗助这么回答，便沉默了一会儿，但旋即重复了与方才的意思大致相同的话："不过，你是由于始终感觉家中寂寞，才说出那种话来的，是吧？"

宗助的头脑中原本就潜伏着这种思想，但他顾忌到阿米的情绪，不敢坦然明说。宗助心想：为了让病后的妻子能够静心休养，不如把这当成说笑，一笑了之为好。

于是，宗助想尽可能活跃一下气氛，便换了一种口气说道："要说寂寞，当然不是没有……"这时宗助忽然语塞，一时想不出新的、有趣一点儿的话来，事不得已，只好说，"哦，反正没事儿，你别放在心上。"

阿米还是不搭腔。宗助觉得应该换一个话题，便聊起天来了："昨晚又发生过火灾啊。"

这时，阿米突然冒出一句半带辩解的话："我知道很对不住你……"却又顿住无语了。

煤油灯仍像往常一样，搁在壁龛处。阿米背对着灯光。宗助虽然不清楚阿米脸上的表情，但听得出阿米似乎在淌眼泪。迄今为止一直仰望着天花板的宗助，这时立即转向妻子这一边，定睛注视着灯影朦胧中的阿米。阿米也在昏暗中定睛望着宗助。

接着，阿米断续地说道："我早就想告诉你，向你表示歉意，但是难以启口，就此拖了下来。"

宗助听了，简直摸不着头脑，怀疑阿米多少有些歇斯底里发作，但又难以肯定就是这个缘故，便茫然不知所对。

不一会儿，阿米带着无望的神态，毅然说道："生孩子的事，我是没有希望了。"随即哭了。

宗助听到这可怜的自白，不知该怎么加以慰藉才好，实在手足无措，同时急切地感到阿米真是可怜到极点了。

"没有孩子也不错嘛。像上面的坂井先生那样，孩子一大群，旁人见了还真替他可怜呢！简直成了幼儿园啦。"

"不过，如果一个孩子也不会有的话，你也会感到不太好吧。"

"还不能肯定生不了孩子嘛，对不对？今后也许会生的呀。"

阿米又哭了。宗助也别无良策，只好静待阿米平静下来，接着，听阿米慢慢地加以说明。

夫妇俩在情投意合这一点上，是异乎寻常的成功，但在孩子的问题上，遇到了不同于一般的不幸。如若本来就不会怀孕，倒也罢了，而他们是让本可以养育长大的孩子在中途夭折了，因此尤其不幸。

阿米第一次怀孕，是夫妇俩离开京都后，在广岛过清苦日子的时候。当知道怀孕确凿无疑时，阿米面对这一新情况，每天像做梦一样，感到前途又可怕又可喜。宗助则认为，这是一种确证无形之爱的有形结晶。面对这一现实，他不胜欣喜，于是屈指盼望着这一糅合着自己生命的肉团团手舞足蹈地降临到眼前的日子快快到来。不料事情同夫妇俩的预期违连，胎儿在第五个月突然小产了。当时，夫妇俩的家境很清苦。宗助瞅着阿米流产后的苍白脸色，认定是操劳家务造成的。爱情的结晶毁在贫苦上，没能永久抓在掌中，这怎能不抱恨终天，阿米怎能不哭！

移居福冈后不久，阿米又爱食酸东西了。听说流产过一次就有习惯性流产的可能，所以阿米万事多加小心，一举一动十分谨慎。也许是这么做了的关系吧，经过情况极佳，可是不知怎么搞的，也没有什么特别的原因，孩子不足月就生下来了。产婆想了想，怂恿他们去求教医生。医生诊治之后认为，孩子先天不足，必须使室内的温度保持在一定的水平，昼夜加以人为的维持。按照宗助的条件，要在室内安置火炉取暖不是容易做到的事。夫妇俩拿出全部精力和财力，一心一意要保住婴儿的性命。然而一切都是枉抛心力。一个星期后，这由父精母血组成的爱情的结晶，终于变凉发冷了。

"这到底是怎么回事呀！"阿米抱着婴孩的尸体，哭泣着。

宗助以一个男子汉的气度，承受了这又一次的打击。他见骸骨成灰，又见骨灰埋进了黑土，始终没有说过一句失魂落魄的话。此后，在不知不觉中，那若即若离跟随在夫妇之间久久不去的影子，终于逐渐远离而归于消失了。

第三次的情况在脑际浮现出来了。那是在宗助移居东京的那一年，阿米又怀孕了。当时阿米的体质相当虚弱，阿米本人当然是百倍小心，宗助也处处留神。两人的心里都在想：这次一定要……那紧张的日日月月顺利地过去。不料又在第五个月上，阿米遇到了意外的厄运。当时，家中还没有接入自来水，女仆早晚都得去井边打水、洗衣服。一天，阿米有事要找在后面的女仆，便走至井台旁的洗衣盆处吩咐完毕后，想顺便从井台边跨到前面去，不料足一滑，一屁股跌倒在潮湿而长有青苔的石板上了。阿米想：又坏事了。但顾忌到这是自己的疏忽，会受到责备，便故意瞒掉了，什么也没对宗助说。后来，阿米发觉这次受震一直没有给胎儿的发育带来什么影响，自己的身体也没有引起丝毫的异状，心里总算落掉了一块石头，遂旧事重提，把滑倒的事告诉了宗助。宗助本来就没有要责备妻子的意思，只是温和地叮嘱阿米，说："得多加小心，要不会出大事的呢。"

　　预产期好歹盼到了。眼看分娩的日子一天近似一天，宗助在上班的时候，也不时惦念着阿米。下班回家时，脑子里总是不停地转着："看来，今天我不在家的时候，已经……"走到家门口时就会在格子门前驻步。如果没能听到实际上有一半是属于自己想象出来的婴儿啼哭声，反而认为这是发生了什么变故，急匆匆地跳进家门，结果又为自己的粗率举动而感到赧颜。

　　总算幸运，阿米是在半夜里出现临产预兆的，宗助当然没有外出忙什么公事，得以在一旁照料妻子。这一点真可谓是天公作美。产婆从容地来到后，脱脂棉花和其他一切准备工作就绪，分娩过程意外地顺利。但是那至关重要的婴孩呢，无非是由子宫产出而来到了广阔的世界，却没有能呼吸到一口人世的空气。产婆取出一根同细玻璃管差不多的管子，不住地向婴孩的小嘴中吹送强气流，但是毫无用处，产下来的只是一个肉团团。夫妇俩隐约见到了这个肉团团上的眼、鼻、嘴的形状，却没能听到由其喉咙里发出的啼声。

　　产婆在分娩前一个星期左右来做过检查，还仔细地听过胎儿的心跳情况，最后曾保证绝对正常。现在宗助逐一加以分析：假使产婆说的话不可靠，胎儿是在下地前某一时期已停止发育，那么，那时不立即从母体里取出来，母体是不可能平安无事地过到现在的。于是宗助从这点着手调查，到后来了解到一个自己前所未闻的事实时，不胜惶恐。原来胎儿直到下地前还是健康的！但是发生了脐带缠绕，也就是俗称胞衣缠颈的现象。遇到这种异常情况，本来只好仰仗产婆施展本事来处理，有经验的产婆是可以很顺当地把缠在颈部的胞衣松解下来的。宗助请来的这个产婆已有相当年纪，对付这么点事情是不成问题的。然而缠在胎儿颈部的脐带不止一层，而是两层。这一回就是这样，两层胞衣缠着纤细的咽喉，由于松解得不得法，婴孩便被勒住了气管，闷死了。

产婆当然是有责任的。但阿米本人无疑也有一大半的责任。脐带缠绕现象显然是远在五个月之前由阿米自己造成的——她当时在井台边滑倒，把臀部都摔痛了。阿米产后坐在被褥中听到了这事情的来龙去脉，不过她只轻轻地点头表示首肯，什么话也没有说，而她那疲乏得微微发眍的眼睛饱含着泪水，长长的睫毛在不住地翕动。宗助一面温言劝慰，一面用手绢给阿米拭去淌到脸颊上的眼泪。

这是夫妇俩在孩子问题上的一段历史。他俩品尝过这种苦痛，所以从那以后不大喜欢提到这有关幼儿的话题，但是在生活的深处，两人都受到这段历史的影响，看来内心的伤痕是不容易消弭的。有时候，连他俩的笑声里都依稀反映出存在于彼此内心深处的这段阴影。为此，阿米从来不想对丈夫旧事重提。宗助也认为事至如今，根本没必要听妻子谈这些事了。

阿米要告诉丈夫的事情，本不是有关两人共有的事实。阿米在失去第三次的胎儿时，从丈夫口中获悉当时的经过后，深感自己不啻是一个残酷的母亲，尽管不是出于有意下手，但是剖析一下就会明白：这跟守候在暗路上夺取亲生骨肉而予以扼杀，并没有两样。自己真是一个犯下了可怕罪行的凶手！至少内心不能不受到道义上严厉的谴责。而且，没有第二个人能懂得她的这种心情，以致来替她分担一些痛苦。阿米甚至无法向丈夫吐露自己的这一痛苦。

那时候，阿米也像一般的产妇那样，在床上过了三个星期。从休养身子来说，这无疑是极安静的三个星期。但从心境来说，乃是可怕而不堪忍受的三个星期。宗助为夭折的孩子制作了小棺柩，安排了不

111

显眼的葬礼，而且事后又为这个亡灵立了块小小的牌位，牌位上用黑漆写好了戒名。牌主有了戒名，但是无人知其俗名，包括亲生父母在内。宗助起先把牌位放在吃饭间的柜子上，下班回家就不断地焚香。躺在六铺席房间里的阿米不时闻到线香的香味。当时，阿米的感官变得很灵敏。过了一些时间，宗助大概是有所考虑，把小小的牌位藏进了柜子抽屉的底部——这里收着分别用棉花仔细裹好的另外两块牌位：在福冈时死去的孩子的牌位和在东京去世的父亲的牌位。宗助在举家离开东京旧居的时候，估计外出漂泊时带着所有的祖宗牌位毕竟很不方便，就挑出父亲这一块最新的牌位，放进了包里，其余的牌位被悉数送到寺庙中去了。

阿米躺着，能闻见和看见宗助的全部动静。她仰脸睡在被褥里，感到有一根肉眼看不到而有因果关系的细线在渐渐伸长，把两块小小的牌位联结起来了。接着，细线向远处延伸，奔向那连牌位也没有的流产儿——根本没成形的、身影模糊的死婴了。阿米认识到，在广岛、福冈和东京三处各留有一个记忆的深处，是受着命运的严酷统治的，简直难以抗拒；而身处这种严酷统治下所度过的岁月，乃是一个母亲不可思议地重复着同一种不幸岁月的轨迹；看到了这一点，阿米的耳际就会不时听到诅咒的声音。为了确保产后那三个星期的静养，阿米在生理上不得不竭力忍耐，但是在这段日子中，她的耳膜里老是响起那种诅咒声，几乎没有停的时候。对阿米来说，这三个星期的卧床休养实在是度日如年。

阿米在枕上发着呆度过了这不胜凄苦的半个多月。在休养接近尾声的时候，阿米虽然竭力忍耐着躺在床上，但实在忍无可忍了，遂在女看护走后的第二天，悄悄地起床，试着踱踱步，然而，要拂去横在心中的不安，实在不容易做到。病后虚弱的身子虽然勉强起来活动了一下，但是思想里的东西丝毫没有得到松动，这使她大失所望，只好重新钻进被窝,把眼睛闭得紧紧的,以便自己跟现实世界离开得远一点儿。

规定的三个星期终于过去了,阿米的身体轻健起来。她把地板擦拭干净。镜子里重新映出了她眉目一新的倩影。眼下正是换装的季节,阿米脱下背了好久的老棉袄,感到神清气爽,身上轻松得纤尘不染了。加上在这春夏更替的时节,宇宙景物生机盎然,使人心旷神怡,这也使阿米那凄寂的心田受到一定的感染。然而,这仅仅是使沉积物泛起而已,是从深水里浮到阳光的照耀中来而已。一种好奇心理也在阿米幽暗的生活历程中萌芽了。

一天上午,风和日丽,阿米像往常一样照料宗助出去上班后,自己也踏出了家门。这时已到了女子出门要撑起太阳伞的季节,阿米在阳光下匆匆赶路,额部有些冒汗了。她一边走,一边不住地思量着在换衣装时,打开衣柜,手不由得触及第一只抽屉下那块新牌位的事。走着走着,阿米终于跨进了算命先生的门槛。

她自儿童时期起,就滋生出那种大多数文明人都有的迷信观念。但是,她平时的这种迷信观念也同大多数的文明人一样,只是游戏性地从外表——不是从内心——表露一下就完事的。这次却同严峻的现实生活瓜葛在一起,可以说是绝无仅有的事。阿米这时抱着一颗虔诚的心,以虔诚的态度坐在算命先生面前,她想要弄清楚老天爷是否赋予她将来生养孩子、哺育孩子的资格。这位算命先生同那些在马路上设摊为过路人占卜而赚取一两分钱的人相比,可以说没有丝毫两样——桌上排列着种种占卜道具,数弄着占卜用的竹签,最后煞有其事地捋着胡子,思索一番之后,仔细地打量着阿米的脸,从容不迫地宣告说:"你命里没有孩子。"

阿米默默无言,在头脑里咀嚼了一番算命先生的这一宣判后,抬起脸来,反问道:"为什么呢?"

阿米希望算命先生在作出回答之前,再仔细算一算。但是算命先生正视着阿米的眉宇,不多加思索地断言:"你有过对不起人的事。你有罪,绝不会有孩子的,这是对你的报应。"

阿米听后,心如刀割,立即转身回家。当天晚上,她简直没有抬眼望一望丈夫。

阿米从来不曾向宗助披露过那位算命先生说的话。宗助是在今天——壁龛处的细芯油灯似乎要随着夜阑人静而消失的时候,才第一次听到阿米嘴里说出这一经过,心里当然不会舒畅。

"莫非你神经有毛病,才上那种鬼地方去!出钱去听那种鬼话,这不是自寻烦恼吗?今后还去上那种当吗?"

"我被吓坏了,当然不会再去啦。"

"不再去就行。你也真是。"

宗助旷达自若地做了回答,就顾自睡觉了。

十四

　　毋庸赘言，宗助和阿米是一对亲密无间的夫妇。两人生活在一起，至今已有六年之久，在这漫长的岁月里，夫妇俩不曾有过半天的反目，更没有为争论而红过脸。两人除了向绸布商店买料子做衣服穿，向米店籴粮食充饥，其他方面是极少有求于社会的。也就是说，除了给他们提供日常必需用品，他俩几乎体会不到社会的存在。对他俩来说，绝不可少的东西是相依为命地生活着，而相依为命这一点，他俩还是遂心如意的。他俩是怀着身居深山的心境，寄居在大城市里的。

　　就自然趋势而言，他俩的生活不能不流于单调。他俩得以避开社会上诸多烦人的琐事，同时也堵塞了获得各种社会经验的机会，以致身居都会，却像放弃了都会文明人的特权。夫妇俩也时常感觉到自己的日常生活过分单调。虽说两人对相依为命这一点没有过丝毫的厌倦和不满足，却也依稀感觉到这种相依为命的生活内容里缺乏某些新鲜生动的东西。不过，他俩会每天过着刻板的生活，不知厌倦地度过这么漫长的岁月，这倒不是因为他们一开始就对日常社会失去了热情，而完全是社会方面摒弃他俩、一味以冷漠的脊背向着他们的结果。夫妇俩的生活无从得到向外伸展的余地，才向内愈扎愈深，深度增加了，广度也就失去了。六年来，他俩不求同世人轻易进行交涉，却把这六年时间全部花在体察夫妇之间的胸臆上了。两人的命脉已在不知不觉中互相渗透。在人们看来，他们两个人还是两个人，但在他们自己看来，则不啻是道义上不可分割的单一有机体。把两人的精神组合起来的神经系统，包括神经末梢，已经浑然成为一体。他俩宛如两滴油滴在大水盘上合而为一，这时，与其说是两滴油排开了水而集拢在一起了，倒不如说是两滴油遭到水的排挤而互相靠拢，以致不能分离更为恰当。

他俩在这种紧密的结合之中，既含有寻常夫妇间罕有的亲睦和满足，也随之而兼有倦怠的味儿。而在这种倦怠气氛的支配下，他俩唯独没有忘却自视是幸福的。倦怠在两人的意识上布下迷蒙的幕帐，使两人的情爱犹如雾中看花而心荡神驰。不过，它绝不会导致要用竹刷子洗刷神经的不安。总之，他俩是一对越是疏远俗世而情谊越笃的好夫妇。

他俩始终在异乎常人的亲睦气氛中持续度过每一天，面对面时好像不曾留意到这一点，然而心里都很清楚互相之间确实存在着这一点。在这种情况下，他俩不可能不回溯这迄今为止亲睦相处的漫长岁月，不可能不回忆起两人当初是付出了多大的牺牲而毅然结合的情境。他俩曾惶恐地屈服于自然在他们面前布下的可怕的报复，同时，也不忘为承受这报复而得来的幸福，不忘为这幸福在爱神面前焚香叩谢。他俩在鞭笞之下走向生命的终结，但他俩也领悟到：这鞭梢上附有着能治愈一切的甘蜜。

宗助是拥有相当资产的东京人的子弟，在学生时代，他就同其他东京人子弟一样，肆无忌惮地追求种种时髦的嗜好。在服饰、举止、思想等所有方面，他悉如当世纨绔而无愧，昂首阔步于市内而为所欲为。他的领子雪白，长裤的翻脚熨得平直美观，足穿开司米的花袜子，与这身打扮相表里，他的头脑里装的也全是时髦货色。

他生性聪慧，学而不求甚解。他认为学问无非是为了有利于踏上社会，因此，他对于那种非得暂时脱离社会才能获得的学者地位不抱什么兴趣。他上课堂去，无非是同一般的学生一样，在众多的笔记本里填些字，而回到家中后，不温习也不整理。连没能去上课而丢下的课程，也往往听之任之。在他宿舍的桌子上，那些笔记本倒总是摞得整整齐齐，书房永远井然有序。他也总是丢下这徒具形式的书房，出外去溜达。朋友们多羡慕他的豁达不羁，宗助自己也很得意，而未来就像彩虹那样绚丽地在眼中闪烁。

那时候的宗助是同现在大不一样的，他拥有众多的朋友。说实在的，在他那轻松愉快的眼中看来，所有的人都一样是朋友。他是一个不懂得什么叫"敌人"的乐天派，他就是作为这样的乐天派而无忧无虑度过自己的青少年时代的。

"嗯，只要别愁眉苦脸的，到哪里都会受欢迎。"他时常对学友安井这么说。事实上，他的脸上确实从未出现过什么会让人感到不愉快的严肃神情。

"你有着强健的身体，当然如意啰。"安井是个大小病痛不停的人，所以很是羡慕宗助。

安井的故乡在越前，由于长期在横滨居住，言谈举止都与东京人没有任何不同。他讲究衣着，爱留长头发，梳成对半分开的样式。他跟宗助读的高级中学虽不是一个学校，但是在大学听课的时候，两人经常相邻而坐，遇到有漏听、误听的情况，便在课后互相询问，两人因此而成了好朋友。那时新学年刚刚开始，宗助刚到京都不久，人生地不熟，交了安井这个朋友后，确实便利不少。宗助在安井的引导下，如饮醇酒似的把当地的新鲜景象如饥似渴地汲入心胸。每天晚上，两人都要到三条啦四条啦这些繁华市街去逛逛。有时还穿过京极[1]，站在桥中央，瞩目鸭川[2]的流水，眺望由东山升起的静谧的月亮，并感到京都的明月要比东京的大而圆。有时，两人对街市和行人感到乏味了，便利用星期六和星期天到远郊去。宗助喜爱四处有大片竹丛的深绿色景致，对于那在阳光返照下红得如染的一排松树树干也不胜神往。有一次，两人登上大悲阁[3]，仰望即非[4]所书的匾额，耳闻顺谷涧而下的橹声。这橹声极似雁叫声，使两人兴复不浅。有一次，两人前往平八茶屋[5]，竟在那里住了一天。老板娘把丑陋的河鱼串在签子上烤熟后，给他俩下酒。这位老板娘头裹布巾，身穿藏青色的和服裙裤。

宗助在这种新的刺激下，暂时获得了满足。但是嗅着这古都的气息逛过一遍之后，一切也就显得平淡了。这时候，他开始为美丽的山色和清澈的水色不能像起初那样感到形象鲜明而觉得不够满足了。他怀着年轻的热血，没能遇上足以令其降热的深绿景色，当然也没能进行足可焚尽其热情的激烈活动。他的血液在奔腾，使他枉然感到刺痒地流经全身。他交叉着双臂，坐着眺望四周的山峦，说："这地方太陈旧落后了，令人乏味！"

安井为了作个比较，一边笑一边给宗助讲述了一位熟朋友家乡的情况，即净琉璃里那句歌词——"中间的土山在降雨"[6]——所指的有名驿站。安井告诉宗助，在那里，人们从早晨睁开眼起床到晚上闭上眼睡觉，视野所及无不是山峦，简直像在擂钵底里生活一样。安井还

---

1 京都市中京区寺町东侧的大道，特指三条同四条之间的繁华街。
2 贺茂川的别名，由北向南流经京都市，与三条、四条、五条大桥同为京都胜景。
3 京都岚山千光寺内的观音堂。
4 即非（1616—1671），名如一，中国明朝时期的福州高僧，随师隐元东渡日本传道，擅长书法。
5 在京都市左京区修学院山端，烹调的河鱼十分美味。
6 日本著名净琉璃（一种曲艺）作家近松门左卫门（1653—1725）所作《丹波国与作待夜之小室调》中一首有名赶马歌中的一句。其中土山是指滋贺县甲贺郡的驿站。

说,那位熟朋友自小就养成一种条件反射——每到细雨蒙蒙的黄梅天之类的时节,那小小的一颗心儿便会跳个不停,害怕四面山上的雨水灌下来,会把整个地方变成池子。宗助听后心想:一生在那种擂钵底里生活的人该是多么惨啊。

"在那种地方生活,怎么受得了呀!"宗助颇感诧异地对安井说。安井听后也笑了,便把自己从熟朋友那儿听得的笑话复述给宗助听——据说土山出身的人物中,最大的人物当数那暗中调走"千两装"银箱而受到磔刑的人……对地域狭小的京都已感到腻味的宗助听后,觉得这种足以冲破单调生活而放出异彩的事件,至少每一百年发生一次是不可谓多的吧。

当时,宗助醉心于新事物、新世界,认为在自然界展现了一遍四季的景色之后,就没有必要为再次缅怀去年的旧事而去迎候黄花、红叶之类的莅临。宗助希望始终把握着在炽烈的生命中生活的证券,认为生活着的现在和跟着就要到来的未来,乃是迫在眉睫的问题,至于正在消散的过去,无非是同梦一样没有价值的幻影罢了。他阅尽众多凋敝的神社和凄寂的寺庙,已经丧失勇气把自己乌黑的脑袋转向褪了色的历史。他的情绪并没有枯萎到这地步——非得徘徊于迷糊的往事不可。

学年结束,宗助同安井暂时分手了。安井向宗助约定说他要先到福井的故乡去一下,然后上横滨,也许届时再写信通知,可能的话,颇希望能乘同一班火车去京都,要是时间允许,可在兴津一带勾留一下,从从容容地上清见寺、三保的松原和久能山逛逛。宗助表示"非常赞成",心里已经在预想接到安井寄来明信片时的情景了。

宗助回到东京,父亲仍然很健康,小六还年幼。一年来不曾尝到大都会的炎热和煤烟味,现在尝到了,倒是喜不自胜。由高处远眺,只见屋瓦在烈日下闪烁,像翻腾着的浪涡,连绵何止数里!不禁令人想道:这就是东京呀!这些往日所见的景象若在今天的宗助眼前出现，他极可能要惊吓得头晕眼花了，然而，当时反射性地铭刻到他脑门上的，不外乎是"壮美"二字呢。

他的未来犹如未绽开的花蕾，在不曾开放出来之前，不光是别人无所知，他本人也是不明确的。宗助唯觉得自己的前程上隐约飘逸着"无量"这两个字。他在这次暑假中也没有对自己毕业后的出路掉以轻心。尽管还没有拿定主意大学毕业后是谋取一官半职好还是从事实业好，但有一点是明确的：不论走哪一条路，现在就采取主动总是有利的。他除了由父亲直接介绍，还由父亲的朋友的间接介绍，物色了几位能左右自己前途的人物，去作了两三次拜访。这几位人物中，有的托词已外出避暑而不在东京，有的说不在家，还有一位表示忙不过来，要另外约定时间在办公处接见。宗助在那天的大清早七点钟左右就到制砖厂，乘上电梯，被引进三楼的接待室，只见已有七八个人同自己一样在等着拜见同一个人，这倒叫他吃惊不小。他就这样走到了一个新的场所，接触了新的事物，也不管到这儿来是否能如愿以偿，唯觉得脑海里映入了一个活生生世界里的种种片段，这是自己过去从未觉察到的，因而感到异常愉快。

宗助按照父亲的吩咐，每年伏天前都要帮助家中晾晒书籍，这种事情也数得上是他饶有兴味的工作之一。库房门前，冷风飕飕，他坐在这门前的湿润的石头上，不胜好奇地望着上代传下来的《江户名所图会》《江户砂子》[1]等书籍。他盘腿坐在客堂间的中央，地席都坐得有点儿发热了，他把女仆买来的樟脑粉分开到小纸片上，包折成医生给的药粉包形状。宗助自小时候起就往往把这浓郁的樟脑气味、冒汗的伏天、拔火罐子、翱翔于青空的群鸢联想在一起。

---

[1] 有关江户名胜和江户地志的资料书籍。

总算进入立秋节气了。到了"二百十日"[1]前夕，又是刮风又是下雨，天空中不住地浮动着犹如用淡墨渲染成的云。寒暑表上的读数在两三天中急骤下降。宗助不得不再次用麻绳捆起柳条箱，做好去京都的准备。

宗助在这段时期里一直没有忘记同安井的前约。而刚回到家中的时候，他觉得反正那是两个月以后的事，所以不大在意，但随着日子渐渐地逼近，倒为等待安井的消息而心焦了，因为安井自分手后，连明信片也不曾寄来一张。宗助曾主动向安井的家乡福井发过信，但始终没有收到回信。他又动过向横滨那儿探问一下的念头，也因为没有问过通信地址，搞得一筹莫展。

在宗助动身的前一晚，父亲把宗助叫到跟前，依照宗助的要求，拿出了普通标准的旅费，还给了足够宗助在途中停留两三天以及到达京都之后要用的零用钱。

"你得好好节俭些花啊。"父亲教诲着儿子。

宗助就像普通的人子在听普通的人父教诲一样地听着。

"要在你明年再次回家时，我们才能见面，自己要多加小心。"父亲又说道。

但是，到了该再次回家的时候，宗助却没能回得来，等到赶回家中时，父亲的尸骨已寒。宗助至今每回忆起父亲当时的音容，心里就感到很对不起他老人家。

在临近启程的时候，宗助终于收到安井寄来的一封信。启封后，见信上写着：本想一起回京都，不料有点儿事，不得不先走一步了。最后写道：反正到了京都再详谈吧。宗助把信塞进西装的内兜，乘上了火

---

[1] 日本的农家习惯把立春后第二百一十日（约在9月1日左右）称作厄日，因为那正是稻子开花而台风频繁的时候。

车。到了早先约定的兴津车站时,宗助一个人下了火车,步出月台后,顺着又窄又长的一条街向清见寺方向走去。现在已是盛夏过后的九月初了,避暑者早已走得差不多,所以旅社比较清静。宗助选了一间能望见大海的屋子,趴在室内给安井写信。他在一张美术明信片上写了两三行字,其中有这样一句:你没来,我只好一个人来到了此地。

第二天,宗助独自按原先的约定,游玩了三保和龙华寺,并且尽量准备了一些到京都后可与安井叙谈的材料。然而,也许是天气的关系,也可能是受到了同游者没有来的影响,登山也好,观海也好,都感到不大有味。待在旅社里就更加无聊,便又匆匆地换下了旅社的衣服,同染有图案的三尺布腰带一起搭在栏杆上后,离开了兴津。

到达京都的当天,由于坐夜车很疲乏,加上整理整理行李,一天就稀里糊涂地过去了。第二天上学校去看了看,教师们尚未全部回学校,学生也比平时少。宗助感到不解的是:理应比自己早到三四天的安井,怎么连人影也不见呢!于是放心不下,回途中特意到安井的住处去转了转。安井的住处是在多树多水的加茂神社附近。安井在暑假前就表示要移居清静一些的市郊地区以便读书,于是特意钻进了这个如同偏僻乡村似的地方。安井物色到的这个住处,是在屋外的两边围有土墙、幽静而颇具古风的房子。宗助曾亲耳听安井说过,这房子的主人本是加茂神社里的神官之一,其妻年四十岁上下,巧舌如簧,能讲一口极漂亮的京都话,平时负责照料安井的生活。

"所谓照料,无非是给烧些难以下咽的菜,每天三次送到房间来而已。"安井搬过来住下后,就对女主人表示不满了。宗助曾到这儿来找过安井几次,所以认识这位安井称之为只会烧难以下咽的菜的女主人。女主人也依稀认得宗助,她一见宗助,便以如簧之舌殷勤酬应,然后询问安井的近况——其实这正是宗助要询问她的。据她说,安井自回家乡去后,至今没有给这儿送来过一点儿信息。宗助听后,感到很奇怪地回自己的住处去了。

后来有一个星期左右，宗助每次到学校上课，推开教室的门时，总是抱着一种漠然的期望——这回能遇见安井了吧，能听到安井的嗓音了吧。但每次又都是抱着漠然的失望而回家的。尤其是在后面的三四天里，与其说宗助是想及早见到安井，倒不如说是作为一个有干系的人而惦念起安井是否平安无恙来了，因为安井是特意函告"有点儿事，只好抱歉，先走一步了"的。那么，为什么至今不见安井的影踪呢？宗助不厌其烦地向诸多的同学探问过安井的下落，但是谁都不知道。后来，有一个人这么说："昨天晚上在四条的人流里，看见过一个身穿单衣而酷似安井的人。"就在听到这个消息的第二天，即在宗助抵达京都后的一个多星期之后，安井突然光临宗助的住处，身上确实穿着所说的单衣。

宗助望着这位久别的朋友，他身穿便服，手持草帽，总觉得他的脸容同暑假前有些异样，好像多了些什么东西。安井那黑黑的头发搽了油，是梳得整整齐齐的分头，很引人注目。他好像特意加以解释似的，说是刚从理发铺来。

当天晚上，安井同宗助忘倦地聊了一个多小时。安井那滞重的、吞吞吐吐的语调以及老是"可是、可是"的口头禅，悉如他平时的老样子。不过，就是没有触及为什么要先于宗助离开横滨，也没有讲清楚自己是在途中的何处作了耽搁，以致比宗助晚到京都的。他只表明：自己是三四天前才抵达京都的。接着又说：尚未回到暑假前下榻的那个住处去。

"那么，你住在哪儿呀？"宗助问道。

安井便把自己目前下榻的地方告诉了宗助。这是在三条那一带的属于三四等的公寓，宗助知道那个地方。

"为什么要住进那种地方去呀？你是打算住一段时期啰？"宗助

又发问了。

安井只表示是有点儿事需要这么做。但随即披露了出乎意料的计划："我对寄居公寓之类的生活已经腻了,想自租屋子住,哪怕小一些。"这叫宗助不胜惊奇。

在接下来的一个星期里,安井终于说到做到,在学校附近的一个幽静处自立门户了。这是一种出租的小房子,结构上带有京都一般房屋共有的阴郁感,又特意把柱子和门格子涂成暗红色,显出人为的古雅味。宗助见房子门口植有一株不知是属于谁家的柳树,修长的枝条在风中摇曳,几乎要触及屋檐了。院子也与东京的不同,是稍事整理过的。由于石头的安置可以随便一些,所以比较大的石头盘踞在客堂间的正对面,石下生着许多凉丝丝的青苔。屋后有一个门槛已朽烂的堆物间,里面空空如也。再往后是进出厕所时能望得见的邻舍的竹丛。

宗助来此造访,是在十月份的开学前没几天。宗助至今还记得,当时残暑犹烈,往返学校得张阳伞才行。那次他在格子门前把伞收拢,朝里探视,瞥见一个身穿粗布条纹单衣的女子的身影。因为格子门内的路是用水泥铺成的,径直向深处通去,所以,宗助如果不是一进门就由右侧的正首楼梯口拾级而上,在暗中是能够一眼洞察深处的景象的。宗助站停,直到穿单衣者的后影朝后门走去而消失为止。这时宗助打开格子门,见安井往正门走来。

两人走向客堂间,交谈了好一会儿。先前那个女子一直没再露面,简直是无声无息了。房子不很大,女子好像就在邻屋,但是邻屋静得同没人在一样。这个像影子一样闪了一下的文静女子就是阿米。

安井聒聒不休地谈了家乡的情形、东京的事情以及关于学校上课的事情,唯独一个字也不触及阿米。宗助也缺乏主动询问的勇气。这天,两人就在这种情况下作别。

第二天两人见面时,宗助依然惦念着那女子,不过没有流露出一个字来。安井也显出若无其事的样子。尽管他俩以往是无话不谈的，但是安井现在显得有些心慌意乱。宗助呢，当然还不到好奇得一定要勉强安井披露的程度。所以，女子的事就一直埋在两人心中，谁也没提出来。一个星期就又这么过去了。

　　到了这个星期的星期天，宗助再次造访安井。这次是为了一个与两人都有关系的什么会的事情而来，同女子毫无瓜葛，可以说没有任何别的动机。但是宗助走进客堂间，在上次来时所坐的地方坐下，一看那篱笆边上小小的梅树，不禁清晰地浮想起上次来此时的情形。今天，客堂间外依然是寂静无声。宗助没法不去想象那个躲避在这寂静中的年轻女子的身影。同时相信，那女子也同上次一样，绝不会在自己面前露面的。

　　在宗助做着这种预测的时候，安井突然介绍他同阿米相识了。当时，阿米没有穿上次那种粗布单衣，她是做过打扮由邻屋走出来的，像是要出门做客去，又像是刚从外面回来。宗助见状，颇感意外。不过，阿米也没有穿什么盛装，所以衣服的色泽和腰带的光泽都还不足以使宗助吃惊。此外，阿米面对初次见面的宗助，也没有过多地表现出年轻女子常会有的羞涩之态，只是显得特别娴静，不多说话，是一个在人面前同独闭邻室时无多大区别的安详而沉静的女子。宗助据此推测，认为阿米的举止稳重，未必是因为害羞而避人耳目的关系。

　　安井向宗助介绍阿米时，是这么说的："这是我的妹妹。"

　　宗助侧过一小半身子面对阿米，搭讪着交谈了几句，他觉得阿米的发音中没有夹杂丝毫的乡下腔。

　　"以往是在家乡……"宗助问道。阿米听后，未及回答，安井插了进来。

　　"不，长住横滨……"安井答道。

　　这天，兄妹俩原本要上街去买东西，所以阿米换下了便服，尽管天气很热，还是穿上了新的白色袜套。宗助获悉这一情况后，觉得耽误了人家的正事，十分抱歉。

"哦，由于独立门户的关系，每天都发现有东西需要买，所以一星期得上大街一两次。"安井说着，笑笑。

"我同你们一起走一阵吧。"宗助随即站起来，顺便听从安井的吩咐，浏览了一下屋子里的布置。宗助看了看邻室那只带有镀锌白铁皮火圈的方形火盆、质地较差的黄铜水壶以及放在旧洗涤池旁边的崭新水桶，然后走出门口。安井在门上落了锁，说是得把钥匙托付给后面的邻居家保管一下而跑掉了。宗助和阿米站着等安井回来。在这段时间里，两人交谈了两三句无关紧要的话。

对于两人在这三四分钟里交谈的话，宗助至今记忆犹新。那无非是寻常的男子向寻常的女子表示礼貌的极简略的话，打个比喻，就如水一样浮浅、清淡。宗助以往在路上需要向陌生人打招呼时，就是用的这一类话，也不知用过多少次了。

宗助每次浮想起当时那极短促的交谈，总是觉得每一句话都平淡得很，简直可以说没有任何渲染的地方。然而说来不可思议，那么透明无色的声音竟会给两人的未来涂上了那样绯红的色彩！日居月诸，现在这红色已失去了昔日的光辉，而焚烧过他俩的火焰，自然也变成了焦黑的颜色。两人的生活就这样地陷于昏暗之中。宗助每次回溯过去，一面玩味那种浮浅清淡的交谈怎么会给两人的历史涂上如此浓郁的色彩，一面感觉命运竟有化平凡之事为不平凡的神力而不胜可怕。

宗助记得很清楚，两人伫立在门前时，可以看到两个曲折着的身影，各有一半映在土墙上。也记得阿米的身影被阳伞所遮，这形状不规则的伞影映到了墙上，致使阿米的头影映不出来了。宗助还记得那已经开始西斜的初秋骄阳，像火一样射到两人的身上。阿米撑着伞，靠向并不怎么阴凉的柳树下。宗助记得自己曾退后一步，仔细打量过那配有白边的紫色阳伞和尚未褪尽翠色的柳叶的色泽。

现在思来,这一切都很清晰,也没有什么稀奇。两人等到土墙上又出现了安井的影子后,便一同向大街上走去。走的时候,是两个男子并肩而行,阿米则跋着草鞋,落后一步相随。交谈多在两个男子之间进行,话也不长。走到半路上,宗助与他俩分手,独自回自己的住处去了。

但是,这一天的印象久久地留在宗助的脑海里了。每当他回到住处,洗过澡,在灯前坐下来之后,安井和阿米的形象就像上过颜色的平面画似的,在眼前闪现。更有甚者,当宗助上床后,脑海里就开始琢磨:这位被安井称为妹子而介绍给自己认识的阿米,果真是安井的妹子吗?看来,这事不向安井问个明白,疑窦是很难冰释的。但是宗助立即作了主观的推测,他觉得,从安井和阿米之间的现实可能性来说,自己的这种推测是充分存在的。他就这么躺在床上胡思乱想着。而且,他也意识到这种推测的无聊可笑,于是噗的一声,把忘记吹熄的油灯吹灭了。

宗助同安井的关系并没有疏远到非等这种记忆渐次淡漠而消失得毫无影踪才见面的程度。两个人除了每天在学校里见面外,仍像放暑假前一样,经常有来有往。不过宗助每次造访,阿米不一定每次都出来招呼。大概是三次中有一次不露面,像最初时那样,静悄悄地待在邻室里。宗助也没有表示特别的关注。不过他和她还是渐渐地接近了,未几,也达到了能够互相说笑的亲密程度。

不久,又到了秋季。要悉如去年那样在京都度过这个秋天,宗助是感到乏味了。然而,当他在安井和阿米的怂恿之下去采蘑菇时,便在清朗的空气中新发现了一种异香。三个人同去观看红叶,由嵯峨[1]穿山而

---

1 在京都市西北角,隔着大堰川,面对岚山,是多名刹的胜地,乃观赏樱花和红叶的有名地区。

行，往高雄[1]走去。一路上，阿米卷起和服的衣裾，拄着细细的伞柄而行，只见长衬裙吊在袜套的上方。从山上俯视一百来米以下的流水，只见阳光照着水面，水底明亮，远远望去，呈透明状。阿米不禁赞叹道："京都真美哪。"她说着，回过头来望望他俩。一起眺望着这番景色的宗助也受到了感染，觉得京都真是个好地方。

他们这样结伴外出的事已很频繁，在家中会面也屡见不鲜了。一次，宗助照例去看安井，可是安井不在家，只有阿米独自坐在凄寂的残秋中。宗助说着"很寂寞吧"，走进客堂间。两人在一只火盆的两侧坐下，烤火闲谈，谈得意外的长久。出乎意外地长谈了一番之后，宗助才告辞回家。还有一次，宗助正感到无聊而在住处倚着桌子呆呆地动脑筋如何消遣时，阿米突然光临了。她说自己是出来买东西，顺路来玩一玩的。接着，她受到宗助的款待，喝了茶，也吃了点心，从容地谈了好一会儿才回去。

在这种情况屡屡出现的过程中，树叶已不知不觉地落光了。一夜之间，高山顶上披了银装，露天的河滩变得雪白，桥上的人影在蠕蠕而行。京都这一年的冬天，阴森森的，冷得彻骨难当，安井受到这一恶性寒气的侵袭，患上了严重流感，体温急骤上升，远比普通的感冒烧得厉害。阿米见状，起先确实很惊慌，不过高热没多久就退下去了，所以阿米以为已经不碍事，病就会好的。不料热度时高时低，像黏胶般缠住不放，每天真够苦的。

医生说，看来是呼吸器官受寒所致，恳切地劝病人转地疗养。安井只好把壁橱里的柳条行李箱取出来，用麻绳捆好，阿米在手提包上下了锁，准备出门。宗助送他俩到七条，走进火车候车室，他有意欢

---

[1] 在京都市右京区，位于清泷川右岸，海拔428米，一向为观赏红叶的胜地，山上有名刹高雄山神护寺。

快地说了些送别的话。上车后,安井从车窗里向月台上的宗助打招呼:"有空请来玩哪。"

阿米也说道:"一定得来呀。"

火车从气色很好的宗助面前缓缓驶过,旋即喷着烟气,朝神户方向而去。

病人在疗养地迎接了新的一年。自来此第一天开始,几乎天天有美术明信片寄给宗助,而且没有一次不写着"有暇请来玩"。信中还一定夹有阿米写的一两行字。宗助把安井和阿米寄来的美术明信片拣出来,摞在写字桌上。这样,由外面一跨进房间就能首先看到它们了。宗助还不时地顺着次序一张一张地再度翻翻看看。最后寄来的一张明信片上说:"病已痊愈,即可返回。然则难得来到这儿,却未能在此与君相见,甚为憾事。接此信后,望速来一晤,虽片刻也足矣。"这一席话当然足够打动不甘寂寞和无所事事的宗助了。于是宗助当晚乘了火车,赶到安井的住处。

在明亮的灯光下,这三个盼着会面的人相聚了。宗助首先注意到病人已经恢复了气色,比来此之前好了。安井自己也表示有同感,还特意捋起衬衫的袖子,随意地摩挲着暴出青筋的腕部。阿米也高兴得两眼生辉。宗助觉得这种活泼的眼神特别可贵。迄今为止,阿米在宗助心里留下的印象,是个即使处在音色缭乱的情况下也极其安详自若的女子。宗助断定,她的安详自若,主要是她那凝重安稳的眼神在起作用。

次日,三个人一起外出,远眺深蓝色的大海,呼吸着带松脂味的空气。冬季的太阳,赤裸裸地在低空中划出短短的轨迹,温顺地向西落去。落下的时候,低空中的云彩被染成又黄又红的灶火颜色。夜幕降临后,仍旧风平浪静,只有松间不时有松籁传来。在宗助做客的三天里,天气一直很好,也很暖和。

宗助想再多玩几天。阿米表示：那就多住几天好了。安井则说："看来是因为宗助光临，天气也变好了呢。"他们三人最后还是带着柳条箱和提包，一起回京都了。冬天就这么顺利地过去了，寒冷的朔风向寒带吹去。山上那斑驳的积雪在渐渐消失，青绿的颜色紧跟着萌芽了。

宗助每次忆及当时的景象，总是不胜感慨：要是自然的进程到此戛然而止，让自己和阿米顿时变成化石，那就不至于受苦了。事情是萌发于暮冬初春时节，而结束于樱花凋零之时。自始至终都是殊死的搏斗，困苦得犹如炙青竹榨油。飓风采取突然袭击的手段，将两人刮倒。等到两人站起来时，四处都已被沙土所封。两人看到自身也被沙土所裹，但是两人都不知道自己何时被飓风刮倒的。

社会毫不客气地让他俩背上了不义不德的罪名。但是他俩在道义上进行良心的自责之前，不禁茫然若失，疑心自己的头脑是否正常了。从他们的角度来看问题，在呈现出一对可耻的男女的形象之前，已先不可思议地呈现出一对不按逻辑行事的男女的形象，这是无可置辩的。在这一点上，两人实有着难言之苦。他们只好认命：是残酷的命运之神一时心血来潮，向他们这两个无辜者发起了突然袭击，还半带开玩笑地把两人推入了陷阱。

当明察秋毫的阳光从正面射到他俩的眉心时，他俩已经度过了为不义不德而痉挛的苦痛。他俩把苍白的前额老老实实地直向前伸，承受热焰打下的烙印。于是，他俩明白了：两人已被一条无形的锁链系在一起，不得分离了。他俩抛离了双亲，抛弃了故旧。说得笼统一些，是抛弃了整个社会。也可以换一个说法，他俩是被亲故和社会所抛弃了。学校当然也不例外地抛弃了他，不过表面上是自动退学，这无非是在形式上留下了一点儿人的影迹。

以上就是宗助和阿米的经历。

十五

　　两人身负过去的这一段历史，移住广岛无法解脱苦痛，移住福冈也无法解脱苦痛，来到东京后，依然被沉重的负担压抑着。同佐伯家已经没有亲密的关系。叔叔去世了，婶母同安之助虽在，却不可能有融洽的交往。两人每天都在这种世态炎凉的环境下度日。今年的岁末，两人依然没去辞年，对方也没有来。连搬过来住的小六也从心底里看不起哥哥。两人来到东京不久，小六出于单纯的小孩思想，直接流露出厌恶阿米的态度。这是宗助和阿米都很明白的。夫妇俩在日光前笑语，在月影前徘徊，迎新送旧，度过了静静的岁月。今年已经到了岁末。

　　从年底开始，沿街而立的一排排房子，无不挂起稻草绳[1]。在大街两旁，那并排插着的几十根高过屋檐的小竹竿，都被西北风刮得飒飒作响。宗助也去买了一根长二尺多的细松枝，钉到门柱上，然后，把又大又红的橙子加置于供盘上，端到壁龛里。壁龛正面挂着一幅拙劣的墨梅画轴，梅的上方画着呈蛤形的月亮。至于为什么要把橙子和供品放到这幅怪模怪样的画轴前，宗助自己也莫名其妙。

　　"这究竟意味着什么呢？"宗助望着自己摆下的东西，对着阿米

---

[1] 日本风俗，新年要在门口挂稻草绳以示庆贺。

这么说。阿米也一点儿不能理解每年都要这么做的意义。

"谁知道呀。不过,这么摆就是啦。"阿米说着,进厨房去了。

"这样摆设,无非是为了受用吧?"宗助侧着脑袋思索了一会儿,把供品的位置调整了一下。

大家把砧板搬到吃饭间,晚上一起加班切年糕。由于菜刀不够用,宗助就始终没有动过手。小六年轻有力,切得最多,切得不合适的也最多,其中还有形状很难看的。每切出一块怪模怪样的形状,阿清就会出声笑起来。

小六在菜刀的脊背上垫了湿抹布,用力切着年糕的硬边,说道:"样子再怎么样,也同样是吃下肚嘛。"由于过分用力,耳朵根都发红了。

为了做好过年的准备,还要煎海蜓、把酱油炖的菜肴安置在多层食盒里。到了除夕那天的晚上,宗助到坂井家辞年,顺便把房租带了去。他怕冒失,特意绕至后面的厨房门口,看到磨砂玻璃上映有明亮的灯光,屋里十分热闹。一个小学徒手持账本坐在门槛处,一副要向人收账的样子,这时便起身向宗助致意。主人夫妇都在吃饭间里,屋角处有一个身穿号衣、像是经常在这儿出入的人,身旁放着交让木[1]、里白[2]、日本白纸和剪刀,正俯首做着稻草圈[3],已经做了好几个。年轻的女仆坐在女主人面前,把小额的钞票和硬币在地席上放成一行。

"哟,快请。"房主看见宗助来了,招呼着说,"快过年了,一定很忙吧。你瞧,我这儿摊得乱七八糟。嗯,请这边坐。怎么说呢,过年对于我们来说,已经司空见惯啦。不论如何有趣的事情,重复了四十次以上,也要腻味了。"

房主嘴里在嫌过年惹人心烦,但是神态上又没有任何愁眉不展的

---

1 一种植物,其叶是日本新年用的装饰物。
2 一种常绿羊齿植物,叶背呈白色,是日本新年用的装饰物。
3 日本习俗,过年时需用稻草圈做装饰。

表现。他的措辞轻松愉快，脸色滋润泛红，看来是晚餐时喝了酒，而酒力还不曾从脸颊上退尽。宗助抽着房主待客的香烟，闲扯了二三十分钟后，告辞回家了。

家中，阿米说是要同阿清一起去洗澡，已把肥皂盒包在毛巾中，一心等候丈夫回来看家。

"怎么搞的，出去这么久啊？"阿米说着，看了看钟。这时已近十点钟了。再说，阿清洗过澡还要到梳头店去一趟，把头发做一做。而平时不问家务事的宗助，在除夕这天也有相应的事儿要处理。

"该付的钱都付过了吧？"宗助站着询问。阿米回答说，还有一家柴炭店的账宕着。

"要是有人来收账，请你付了。"阿米说着，从怀里取出不清不洁的男式钱夹和放硬币的钱袋，递给宗助。

"小六呢？"宗助一边接过钱一边问。

"方才他说要去观赏一下除夕的夜景，出去了。这么冷的天气，一定够他受的呢。"

紧接着阿米的这句话，阿清放声大笑。

"青年人嘛……"阿清笑了一阵后，一边这么评说一边向厨房门口走去，把阿米出外穿的木屐放好。

"他要观赏什么地方的夜景？"

"说是由银座至日本桥大街。"

这时阿米已迈下门槛，随即传来拉开板门的声音。宗助听着这响声，独自在火盆前坐下，注视着将成灰烬的炭火。他的脑海里浮现出明天圆圆的红日，出现了逛游者头上所戴绢帽的光泽，他还依稀听到了佩刀声、马嘶声以及拍毽子的声音。再过几个小时，人们又要按例举行迎新年的活动了，他一定能从中看到一些最为新鲜、奇巧的景物。

兴高采烈、熙来攘往的人们成群结队地从他脑海里通过，但是人群中没有谁来拽着他的手臂一起前进。他像一个被宴席排斥在外的局外人，不准共饮同醉，因而得以避免醉于其中。他只让自己和阿米的生命无声无息、年复一年地流逝，对前程不抱有什么希望。人们正在忙于过除夕，他却独自冷清清地在家看门。这正是他平时真实生活的写照。

阿米是十点钟过后回家的，脸颊沐浴在灯光下，比平时显得光泽有致。她把衬衫领子稍稍敞开一些，看来澡池中带来的温暖气息尚未消失殆尽，后脑下长长的颈部显露得清清楚楚。

"实在太挤了，简直无法洗澡，取桶都很困难。"阿米第一次吁了口长气。

阿清回到家时，十一点钟都已过了。她把梳洗得整整齐齐的脑袋从纸拉门里探过来，向大家致意地说："我回来了。耽搁得真是太久了。"顺嘴又解释说，"后来又让我挨着次序等了两三个人。"

但是小六迟迟不归。时钟打了十二下，宗助提议"可以去睡了"。阿米觉得，在今天这个日子里，先去睡总有点儿不好，就尽量找话谈。幸好，小六不一会儿就回来了。小六解释说，自己从日本桥到银座，接着绕到水天宫，不料电车太挤，等了好几辆才挤上去，所以回来迟了。

"走进白牡丹洋货店，我想去买点什么，好碰碰运气得个金表什么的奖品。但是需要买的东西，店里一样也没有，最后勉强买了一盒小女孩们掷了玩的、安有小铃铛的布制小袋袋，于是我去碰运气了，在用器械打出来的好几百个玩具气球中，抓到了一个，但是没能中金表奖，却中了这个奖……"小六说着，从和服的大袖口里拿出一袋"俱乐部洗头粉"。

小六把洗头粉放到阿米的面前，说道："送给嫂子吧。"接着，又把安有小铃铛而缝成梅花形状的布制小袋袋放到宗助的面前，说道，"这个就请送给坂井家的小姑娘吧。"

一个清闲的小家庭，就这样度过了他们的除夕，一年也随之告终。

十六

新年伊始，接连下了两天大雪，把这遍插稻草绳贺年的城市染成了一片白色。在铺满了积雪的屋顶恢复本色之前，夫妇俩屡屡被那些从白铁皮檐头塌落下来的雪响声吓一跳。夜深人静时，这种响声听起来尤其厉害。小路上一片泥泞，而且与下过雨的情况不同，一两天是干不了的。

宗助从外面回家，鞋子总是沾满了烂泥，所以每次踏进门来，都要对着阿米嚷嚷："这样不行哪！"仿佛阿米就是破坏道路的罪魁祸首。

阿米也就说道："哦，很抱歉，实在对不起哪。"说着忍俊不禁。宗助却想不出什么相应的打趣话儿来奉答。

"阿米，你大概会认为从这里外出，不论去哪里都得穿高齿木屐吧。但是到下町[1]去就大不一样哪，那儿每一条道路都是干的，甚至会扬起灰尘来，所以脚蹬高齿木屐之类，反而会搞得你寸步难行。换句话说，我们住在这种地方，不啻是比人家落后一个世纪哪。"

宗助说这番话的时候，其实并没有现出特别不满的神色。阿米也

---

1 指东京都东部一带地势较低的地区，也是工商业者集中的地区。

只是听听，眼睛注视着香烟的烟气从丈夫的鼻孔里钻出来。"你可以到坂井先生那儿去，把这话对他讲一讲呀。"阿米终于低声地回答。

"那样，也可以请他把房租减低一些。"宗助这么答了一句，却一直没有付诸行动。

宗助只是在新年第一天的早晨到坂井家递了一张名片，故意不等拜见主人坂井，就离开了坂井家。这一天中，宗助碍于人情，到各处该去的地方大致应酬了一遍，薄暮时分才回到家。他获悉自己不在家时，坂井先生曾屈尊光临，不禁有点儿惶恐。初二这天下大雪，无所事事地度过去了。到了初三的黄昏时分，坂井差遣女仆来传话：要是有空，请老爷、太太以及二老爷今晚务必过去坐坐。女仆完成使命后就回去了。

"会有什么事呢？"宗助有点儿不解。

"一定是玩'诗歌纸牌'[1]呀，因为他们家中小孩子多嘛。"阿米说道，"嗯，你就去吧。"

"人家特意来请，最好你也去。我很久没碰这玩意儿了，生疏得很。"

"我也很久没玩了，也不行啊。"

两人都犹豫着不想去。最后意见一致了：那就请二老爷做代表去一下吧。

"二老爷，你走一次吧。"宗助对小六这么说。小六苦笑笑站起来。夫妇俩觉得，给小六冠以二老爷的雅号，实在大可发噱。看到小六听见二老爷这种称呼而苦笑的神情，两人差点儿纵声大笑起来。小六沐浴着新春的气氛走到街上，横穿过颇具寒意的一百多米长的路，

---

[1] 日本的一种纸牌游艺。牌分两类，一为写有全首和歌的"读牌"，一为只写有和歌下句的"取牌"。参加者要根据"读牌"拿"取牌"最后决定胜负。这一游艺始于江户初期，后来多在过年时玩。

又在洋溢着春意的电灯光下落座了。

这天晚上，小六把除夕那天买的梅花形状的布制小袋放进和服的袖兜里——这本是打算托哥哥带给坂井家小姑娘的礼物。从坂井家回来时，小六在袖筒里放了一只中签得奖的裸体小娃娃。这玩偶的前额有点儿残缺，便涂以黑墨作填补。小六一脸认真的神情，说道："据说这是袖萩[1]。"并把玩偶放到兄嫂面前。夫妇俩不理解"何以说它是袖萩"。当然，小六本来也是不懂的。当时，虽经坂井太太做了详细的讲解，小六仍旧莫名其妙，于是坂井先生特意在对开的书信用日本衫原纸上并排写下了原文和调侃语，并且说着"回家后给你兄嫂看"，就把字条递给了小六。现在小六从袖子里掏出这字条，向兄嫂出示。纸上写着："此垣一重如黑铁。[2]"随即加括号补述了一句，"此饿鬼额部黑缺。[3]"宗助和阿米看后，又绽出了带有春意的笑容。

"真是独辟蹊径，情趣不凡哪。不知这主意是谁想出来的？"哥哥宗助问道。

"是谁吗？"小六的脸上依旧是那副不甚了了的神情。他丢下玩偶，回自己的房里去了。

又过了几天，大概是初七那天的黄昏时分，坂井家的那个女仆又来了，很有礼貌地传达了主人吩咐的话：要是有空，请过去坐坐。宗助和阿米当时正点了油灯开始吃晚饭，宗助捧着饭碗，说道："春天也总算正式来到了。"

就是在这个时候，阿清进来禀报坂井家有人来传口信。阿米听后，看着丈夫的脸，微微一笑。

---

[1] 净琉璃《奥州安达原》中最著名的《袖萩祭文之段》里登场的女子的名字。
[2] 净琉璃《奥州安达原》中袖萩道出的有名台词中的一句，写袖萩欲归双亲膝下尽孝道。
[3] 这句话在日语里的读音悉同上句，是造出来的诙谐语。

宗助便放下饭碗，眉宇间显出有点儿不解的样子，说道："又要搞些什么名堂呢？"问问坂井家的女仆，得知那儿既没有什么稀客，也没有特意做什么准备，而且坂井太太也不在家，她应亲戚之邀，已带着孩子出去了。

"那么，我去走一次。"宗助说着就走了。宗助这个人不爱参加一般的社交活动，事出无奈才会去出席什么聚会。他不希望有好多私人朋友，也无暇访友，不过对坂井先生是唯一的例外，甚至没有什么要事，宗助也会不时主动跑去消磨些时间。然而坂井却是个最爱交朋结友的人。孤独的宗助同擅于交际的坂井碰在一起，竟然会谈得很投契，这种现象连阿米都感到有些稀奇。

"我们上那边去吧。"坂井说着，穿过吃饭间，顺着廊庑走进一间小小的书房。这里的壁龛中挂着一幅字，一共是五个大字，写得挺拔有力，像是用棕榈制成的笔写出来的。架子上有一盆很美的白牡丹。写字桌也好，坐垫也好，无不整洁宜人。

坂井先是站到昏暗的进门处，说道："哦，请进。"随即在什么地方啪嗒拧了一下，开亮了电灯。

接着，坂井说了声："请稍稍等一下。"便用火柴点燃了煤气暖炉。这暖炉小巧玲珑，同屋子的比例很协调。然后，坂井请宗助在坐垫上坐下来。

"这是我的洞窟，出了什么麻烦的事儿，我就到这儿来避难。"坂井说。

坐在厚厚的棉坐垫上，宗助也感到了一种宁静的气氛。点燃的煤气暖炉发出轻轻的声响，宗助觉得脊背处有一股热乎乎的暖流在渐渐地扩散开来。

"一到了这里，我就断绝了任何交往，完全乐在其中了。你多坐一会儿。说老实话，这过年真有意想不到的烦琐呢。忙到昨天为止，我是精疲力竭，实在坚持不了啦。过年给人带来的，无非是苦恼啊。所以今天午后，我终于远离这俗世，因身体不舒服而酣睡了一场。刚才醒过来，便去洗了个澡，然后吃饭，抽烟，定神一看，妻子不在家，已携着孩子到亲友处去了，所以这么静。我顿时感到很寂寞。然而人有时候也相当任性啊，纵然寂寞极了，我也不敢再去领教那些恭贺新禧的事，太累人了。再说，那些过年吃喝的食品，我真有些怕碰。所以嘛，我想到你倒不像在过年，哦，这么说是很不礼貌的，嗯，我想到你平时离群索居，哎，这么说也许还是很失礼的，反正是这么回事吧——我颇想同一位超然派交谈交谈，因此特意遣人来请你了。"坂井以平时一贯有的调子，淋漓流畅地谈了一通。宗助面对这位乐观主义者，时常会忘却自己过去的经历，有时还会这么想：要是自己一帆风顺，会不会也成为这一类人物呢？

这时候，只见三尺的狭窄房门打开了，女仆走进来，重新向宗助彬彬有礼地鞠躬后，把一只像果盘似的木盘子摆到宗助面前，又在主人面前也摆下一只相同的盘子，便一声不吭地退了出去。木盘上放着一只大如皮球的乡村点心，还附有粗大的牙签，看来要比平常的牙签大一倍以上。

"我说你就趁热吃吧，呃？"听这么一说，宗助才注意到盘子里的包子是刚刚蒸出来的，不胜珍奇地瞅着点心的黄色表皮。

"哦，这点心不是自做的。"房主又说了，"不瞒你说，我昨天晚上到一个地方去。当时，我本是带着点儿说笑的性质，随口夸奖这点心好，对方便要我带点儿回家，我就遵命拿回来了。拿来时，点心还是热腾腾的呢。方才想请你尝尝，就回笼蒸了蒸。"

房主不用筷子也不用粗牙签，随随便便地撕开点心大嚼起来。宗助也如法处置。

在这段时间里，房主扯到昨晚在菜馆里碰见一个颇特别的艺伎的事。说是这个艺伎对袖珍本的《论语》[1]爱不释手,乘在火车里也好,伴客游玩也好,老是把它带在身边。

"哦,她说在孔子的门人中,她最喜欢子路这个人物。问她理由何在,她说:'子路这个人哪,在他学了一种知识而未及付诸实践,却又听到了一件新的事物时,他会大引为苦事的,其正直如此呢!'说实在的,我不大熟悉子路这个人物,所以碍难置喙,但我极想问一问:有没有这样一种人,他在有了一个情人而未及与之结为夫妇之前,又出现了另外一个情人,是不是就很感苦恼呢……"

房主十分轻松地谈了这件事。根据这些情况推测,主人可能是经常到那种地方去的,尽管他早就感受不到什么刺激了,但是有一种因袭的力量在使他依旧每月要到那里去好几次。宗助经过详细的询问,得悉像房主这么玩世不恭的人,也会不时为尽兴欢乐而感到厌倦,以致亟需待在书房中养养精神了。

在这方面,宗助也不是一清二白的人,因此听时无须强作很感兴趣的样子,只是作了一些寻常的应答。但是这种反应反而使房主不胜欣赏。房主表现出一种异样的神色,好像从宗助平平常常的谈吐中嗅到了对方有过不同凡响的经历。不过,他见宗助有点儿不想去触及这些往事的神情,也就立即换了个话题。与其说这是他的一种手段,倒不如说是出于一种礼貌。所以宗助没有因之而有丝毫的不快。

不一会儿,话题扯到了小六身上。对于这个青年,房主有好几点独到的见解,这是身为胞兄的宗助也疏忽了的。且不论房主的见解是否符合实情,宗助倒是听得津津有味。譬如说,房主提出了这样的问题——从小六这个年龄上来说,他是不是有着复杂而不切合实际的头脑,却又像一个孩子,稚气地表现出比他这个年龄要小得多的单纯性。宗助听

---

[1] 这是明治末年出版的。有矢野恒太写的深入浅出的解释,在当时影响很大。

后，立即表示首肯，并且回答说："看来光受过学校教育而没有经过社会实践的人，即使上了岁数，也不免会带有这种倾向的吧。"

"是啊。反过来说的话，光有社会实践而没有受过学校教育的人，虽能发挥其相当的复杂性，头脑却老像个孩子似的。也许这反而不如前者了。"房主说到这儿，微微一笑，停了一会儿又说道，"我说呀，让他到我这儿来做书童吧，这样也许多少能得到些社会实践。你看呢？"

据说，房主原有的书童是在主人的爱犬因病住院的一个月之前，通过征兵体格检查而去当兵了，此后，房主尚未另雇书童。

宗助见这个安置小六的好机会竟然不期而至，同春天一起惠然来临，不禁喜不自胜。与此同时，宗助又有点儿惶恐不知所措了，因为迄今为止，宗助不曾主动向社会乞取过同情和关注，他没有这种勇气，现在是房主突然提出来的。于是宗助打定主意，尽可能早一点儿把兄弟交托坂井，这样也可使自己手头松动些，加上安之助的若干补贴，将来就可以使小六如愿以偿地完成高等教育的学业。因此，宗助把心里的话向房主和盘托出。

房主光是"哦，哦"地听宗助说，最后极其简单地说了句："这样蛮好。"于是事情算是当场谈定了。

宗助认为应该就此告辞了，遂向房主辞别。但是房主挽留，说道："哟，再多坐会儿嘛。"还说，"现在夜长日短，眼下不过是傍晚时分"，并拿出表给宗助看。其实呢，他是感到寂寞。宗助回家去也无非是睡觉，并没有什么要事，于是又坐下来，重新抽起烈烟来。最后，也仿照房主的样子，松松腿，惬意地坐在柔软的坐垫上。

小六的事情也触及了房主的另一番感慨。

"哎，有一个兄弟什么的，真是相当麻烦哪。我就有个像无赖一样的弟弟呀。"房主说着，拿自己在学生时期的俭朴作对比，谈了许多有关他那个弟弟在大学时乱花钱之类的情况。宗助出于要看一看命运是何等可怕的想法，向主人提出了询问：他的这位爱时髦的弟弟后来怎么样了，走了哪一条路。

"冒险家！"房主突然没头没尾地冲出这么一句话。

这位弟弟从学校毕业后，由哥哥介绍，进了某银行工作，但他口口声声离不了"不管怎么说，我一定要赚大钱"。日俄战争结束后不久，他根本不听哥哥的阻拦，宣称要谋求远大的发展，去中国东北了。他到那儿去搞些什么名堂呢？听说是利用辽河装运豆饼、大豆，经营大规模的船运业务，但没多久就失败了。尽管他本不是大老板，但是事情弄清楚后一核算，也遭到了巨大的损失，运输事业当然不可能维持下去了，他本人呢，无疑是站不住脚了。

"此后，我也不大清楚他干什么去了。后来总算听到了他的消息，使我大为吃惊，他竟流落到蒙古去了！我真不知道他会冒险到什么地步！免不了有些担忧。不过，天各一方，我也只好听其自然了，心想他也许能侥幸应付过去的。他偶尔有信寄来，说蒙古这地方缺少水，热天就用污水沟里的水浇洒马路，污水也没有的话，就用马尿代替，所以臭气冲天，等等。无非就是这一类的信。当然也谈到过钱的问题，不过嘛，东京同蒙古相隔遥远，至多不加理会就是了。因此离得远点倒也是好事。然而这家伙竟在去年年底突然来了。"

房主仿佛想起了什么事似的，取下一件挂在壁龛柱子上的装饰物——它垂有很美的流苏。

这是一柄大约一尺长的小刀，外套锦缎料子的袋袋。刀鞘是用一种不知究竟叫何物的绿色云母状的东西做的，大概在三处地方用银镶卷着。鞘里的刀子至多有六寸长，刀刃也是薄的。但是刀鞘的形状犹如六角形的栎木棍，显得很厚实。仔细一看，原来刀柄的背后并排插着两根细木棒，起到了让刀鞘合在一起不离的银销钉的功用。

"他带来了这件东西送给我，说是叫蒙古刀。"房主说着，当即拔出刀来，还把插在刀后面的两根如同象牙做的细棒拔出来，给宗助看。

"这是筷子呀。据说蒙古人总是把这刀子吊在腰下，碰到宴请之类的事，便拔出刀来切肉，用这筷子夹肉吃。"房主特意一手使刀一手使筷，作出切和夹肉吃的动作给宗助看。

宗助只是一味地盯着这件精巧的玩意儿。

"他还带回来那种蒙古包里用的毡毯，我看哪，同从前的毛毯别无二致。"

房主把这位最近刚从那儿回来的弟弟说的情况，不折不扣地搬给宗助听：蒙古人擅长驾驭马啦，蒙古犬的体形瘦长、颇似西方的猎犬啦，他们渐渐受到中国人的压制啦云云。宗助从来不曾听到过这些事情，所以饶有兴趣地听着，从而好奇地想知道"这位兄弟在蒙古是干什么的"，于是向房主提出了这一询问。

"冒险家！"房主大声复述了先前说过的这句话，"我也不知道他在干些什么。他说是在从事畜牧业，而且很有建树。我看根本靠不住。从前他就老是撒谎、骗我。而这次到东京来干的事也有点儿蹊跷。说是要设法替蒙古王借两万元钱，如若借不到手，就攸关他的信用，所以不辞辛劳地奔波。他把我当作第一个对象。可我心想，什么蒙古王，什么以广袤的土地作抵押，蒙古到东京千里迢迢，债权根本无法保证嘛！于是我一口回绝。他便瞒着我，盛气凌人地去对我妻子说：'哥哥如此，成不了大事的！'真叫人啼笑皆非。"

房主说到这儿，微微一笑。然后瞅瞅神色有点儿紧张的宗助，说道："我说，你同他见见面，怎么样？他特意穿着一件带毛皮的宽大衣服，晃荡晃荡地出洋相，颇有点儿滑稽。你要是不反对，我来做介绍吧。哦，后天晚上我本就要他来吃饭，所以……哦，你可别上他的当啊，只需听他摇唇鼓舌，别吱声，这就毫无危险，只会感到很别致了。"

在房主的一再怂恿下，宗助多少有些心动了。

"就是令弟一个人来吃饭吗？"

"哦，不，他还有一个朋友会一同来，他们是一起由那儿回来的。这位朋友好像叫安井，我还不曾见过。因为我这个弟弟屡次要介绍我同他认识，所以我实际上是请他们两个人哪。"

宗助当天晚上离开坂井家时，脸色显得苍白可怕。

十七

　　给宗助和阿米的一生笼罩上阴暗气氛的那层关系，使两人的形象显得影影绰绰，总是摒除不了，像是有什么幽灵跟随着似的。他俩都隐约地感觉到，在自己心底的某一部分中潜有着见不得人的结核性的恐怖物，但他们故意现出无所感觉的样子，天天在一起过到了现在。

　　当初，在他们的思想里留下痛切之感的，无非是"他们的罪过殃及了安井的前途"。当这个在两人脑海里翻腾着的可怕泡沫渐趋平静的时候，他俩听到了安井也中途退学的消息。这当然是他俩促使安井断送前途的原因。接着，他俩听说安井回家乡去了，又听人说安井患病卧床在家中。这些消息每次都使两人的心中感到无限的沉痛。最后又闻悉安井到中国东北去了。宗助心里就想，看来安井的病已经痊愈了。继而又觉得去中国东北一事恐怕靠不住，因为就安井这个人的体质和气质说，都不像是会去中国东北、台湾地区这些地方的人。宗助想尽办法了解事情的真相，终于从有关方面了解到安井确实是在奉天，同时得悉他很健康、活跃，工作很忙。至此，夫妇俩才四目相对，舒了口长气。

　　"哦，谢天谢地。"宗助说道。

　　"身体好就好了。"阿米说道。

　　从此以后，两人都避免提到安井的名字，甚至想都不敢去想一下。因为他们致使安井中途退学、回乡、患病，再加上远走中国东北这样的事，真是万般悔恨、痛哭流涕，但是也无法减轻罪责的呀。

"阿米，你有过信仰宗教的心意吗？"有一次宗助这么问阿米。

"有过的呀。"阿米这么答了一句，立即提出反问，"你呢？"

宗助微微一笑，什么也没回答，也没有就阿米的信仰提出进一步的询问。阿米在信仰方面也许是幸福的，因为她在这一方面根本没有任何清晰完整的观念。夫妇俩既不曾到教堂里去倚过长凳子，也不曾进过寺庙的门。他俩只是靠着大自然赐给的时间这一缓和剂的力量，才使内心渐渐地安顿下来。那由远处突然出现的申诉，已经变得那么微弱，那么无力，同他们的肉体和欲望离得非常远，以致无须用痛苦或害怕这种残酷的词儿来形容了。总而言之，他们未能得到神的保佑，也没有遇到佛，于是相依为命成为他们的信仰。他们同甘共苦，合二而一，绘出了自身的生活。他们的生活寂寞而平稳，而在这种寂寞的平稳中，又自有一种甜美的悲哀味。他们与文艺和哲学无缘，只知尽兴品尝这种悲哀味，但他们不具备可以用来为自己的现状自圆其说的知识，所以比起处在相同境遇而自得其乐的诗人、文士、骚客来，他们是单纯得多。

在宗助于初七这天晚上应坂井之邀从而得悉安井的消息之前，夫妇俩的基本状况就如上面所述。

当天晚上，宗助回到家中，见了阿米后的第一句话就是："我有点儿不舒服，想马上睡觉。"

阿米本就坐在火盆旁边，一心等着宗助回来。现在见状不由得一惊。

"怎么回事？"阿米抬眼望着宗助。宗助挺立在那儿不动弹。

宗助从外面回到家中后会有如此的举止，这在阿米的记忆中可说是绝无仅有的。阿米仿佛遭到了莫名其妙的恐怖感的突然袭击，站了起来，非常机械地从橱里取出被具，听从丈夫的吩咐，铺好床。在这段时间里，宗助依然揣着手站在一旁。床一铺好，宗助就扒去身上的衣服，立即钻进被子里。阿米当然没离左右。

"怎么回事呀？"

"我总觉得有点儿不对劲。这样静心休息一会儿，大概会好的。"

宗助回答的声音有一半是从被子下出来的，传到阿米的耳朵里已相当含糊，阿米脸露不安的神情，坐在枕边一动也不动。

"你可以去干你的事情，我有事会叫你的。"

阿米听宗助这么说，才回吃饭间去了。

宗助盖着被子，顾自勉强闭目而眠。在黑暗中，他反反复复咀嚼着坂井说到的事。宗助做梦也没想到自己竟会从房主坂井的嘴里获悉安井在中国东北这样的消息。不久，自己将同这个安井同时到那个房东家赴宴，不是并排而坐就是面对面而坐。命运竟会做出如此的安排，这更是宗助在今天晚饭以前无论如何也想不到的。宗助躺在被子里回忆着此前两三个小时中发生的事情，觉得那达到高潮的消息是突如其来的，实在太意外了，简直令人不可思议，而且可悲。宗助并不以强者自居，他不认为自己是那种"若不利用偶然的机会从背后不断地勾绊就不会倒下"的强者。他相信，要摔倒自己这样的弱者，本可以有很多稳当得多的手段啊。

话题自小六联及坂井的弟弟，接着扯到了中国东北、蒙古，回到东京、安井……宗助越是追溯着交谈的轨迹，越是感到其中的偶然性是太厉害了。宗助觉得，命运之神为让过去的痛恨死灰复燃，使人去遭逢一般人不大可能遭逢的这种偶然性而从千百人当中物色人选，结果是我宗助被选中了！想到此，宗助感到很痛苦，也感到愤慨，不禁在昏黑的被子里喟然长叹，呼出了一口热气。

经过这两三年的岁月才好不容易收口的伤痕，顿时重新作痛不已。随着这痛楚的来临，身上发起烧来。伤口再度崩裂，带着毒素的风，无情地强行侵入。宗助真想索性直言不讳地告诉阿米，也好一起来承担这苦痛。

"阿米，阿米。"宗助连呼了两声。

阿米应声来到宗助枕畔，低头俯视着宗助。宗助把脸部完全伸出被子。邻室的灯光映照着阿米的半边脸颊。

"我要一杯开水。"

宗助到底没有勇气把要说的话说出来，便借口搪塞了过去。

第二天，宗助一如既往地起床、吃了早饭。他带着一种又喜又悲的心情，望着在一旁侍候的阿米，阿米的脸色多少显得安心了些。

"昨天晚上可真吓人，我心想，难道出了什么事啦？"

宗助只是低着头喝茶，因为他找不出适当的话儿来应答。

这天，从早晨开始就狂风大作，这干燥的大风夹着尘土，简直要把行人头上的帽子刮掉。阿米担心宗助会感冒发热，说是不如请一天假。宗助没有听从，照常乘上电车，缩着头坐在风声和车声中，两眼直勾勾地望着一个地方。下电车时，听得"咻咻"的响声，原来是头顶上方的金属架空线在响。再看看空中，只见一轮比往日更为辉煌的太阳，不顾狂风怒号而冉冉升起、赫然在目。风从裤筒间刮过，冷飕飕的。而风卷着尘土朝对面的城壕奔腾，宛如细雨斜飞，清清楚楚地映入了宗助的眼帘。

宗助上班时没有动手工作，无非是拿着笔，以手支颐地在思索。他不时心不在焉地磨出些根本不需要用的墨汁，接连不断地抽烟。然后，像是想到了什么似的，透过窗玻璃朝窗外望望。每次望出去，无不是风的天下。宗助只想早点回家了。

下班时刻终于来到，宗助回到家中。

阿米不安地注视着宗助，问道："没怎么样吧？"

宗助无奈何地答道："没怎么样，只是感到乏累。"随即钻进炭炉盖被里，直到晚饭前不曾起来过。不一会儿，风停了，太阳也落下去了。周围顿时鸦雀无声，简直是白天那种喧嚣造成的反作用现象。

"天气转好了，不刮风啦。若像白天那样狂风大作，坐在家中也会心神不安、惶恐不已啊。"

从阿米的这番话里可以看出，她简直像害怕魔鬼那样害怕狂风。

"今天晚上好像暖和些了。算是一个平平安安的好新年呀。"宗助从容地说道。

吃过饭，宗助抽着烟，突然说道："阿米，我们去听听书怎么样？"他是难得约妻子出去的。

阿米当然不能拒绝。小六表示：与其去听说书，还不如在家弄点年糕吃吃要惬意得多。于是夫妇俩请小六看家，径自出去了。

由于时间已晚了一些，曲艺场内已客满。两人插到无法再放置坐垫的最后面，勉勉强强地寻得一席之地。

"这么多人哪。"

"毕竟是新春正月，所以都来凑热闹呗。"

两人轻声说着话，同时环视着把这大场子挤得满满的人头。靠近台前的地方，人头的轮廓显得模糊不清，仿佛被烟雾笼罩着似的。宗助看着这黑压压的人们，认定他们都是些闲得可以到这种娱乐场所来寻乐以消磨半个夜晚的人，所以他对其中的每一个人都感到由衷的羡慕。

宗助正视着台上，努力使自己进入说书的情节中去，但是一切努力都是枉抛的。他不时偷眼瞥一瞥阿米，而每次都见阿米正视着台上，聚精会神地在听书，几乎忘却有丈夫在身旁。宗助见状，当然把阿米也列在自己所羡慕的人之中了。

幕间休息时，宗助对阿米说："哎，怎么样，可以走了吗？"

听到这出乎意外的提议，阿米顿时愣住了。

"你不喜欢？"阿米问道。

宗助不置可否。

"我是无可无不可的呀。"阿米这么表示。她的话里带有一半不便违逆丈夫的成分。

宗助想到是自己特意约阿米来的，现在出尔反尔，觉得很不好意思。于是勉强着自己，坐到散场才走。

回到家中，见小六在火盆前盘腿而坐，手持书本迎着灯光在看书，连书皮卷曲起来都不顾。铁壶丢在一旁，壶里的开水大概都快凉了。食盆里放着三四片烧熟的年糕。透过网罩，可以看到剩在小碟子里的酱油的颜色。

小六起身问道："听得还有意思吗？"

夫妇俩在炉前把身子烤得暖和和的，立即上床就寝了。

翌日，那件使宗助心神不安的事情仍旧同昨日一样影响着宗助的情绪。宗助下班后，一如既往地乘上电车，但一想到今天晚上安井要同自己先后到坂井家做客，自己竟会特地为了同安井相见而这么急匆匆地赶回家去，这实在是不合逻辑的。与此同时，想到安井后来不知变成什么样儿了的时候，宗助又亟想在一旁看看安井的样子。

坂井前天晚上用一句话概括了他对自己那个弟弟的评价："冒险家！"这声音至今仍在宗助的耳际高声回响。宗助可从这一句话中想象出所有的自暴和自弃、不平和憎恶、乱伦和悖德、臆断和执拗。坂井的弟弟是一个不可能不体现这类气质的人，那么一个该当与其利害相一致而同从中国东北回来的安井，又是怎样一种人物呢？宗助在脑海里描绘着这一人物。当然，所描绘出来的形象，都在"冒险家"这一词汇所能容纳的范畴里，而且是带有强烈色彩的人物。

宗助就这样在头脑中绘出了一个其堕落经过夸张了的冒险家的形象，他觉得自己必须承担造成这一结局的全部责任。他一心要看一看到坂井处做客的安井是什么模样儿，以便揣度其现在的品格如何，希望还不至于堕落到自己所想象的那种地步，从而可得到一些慰藉。

宗助思索着：坂井家的左近有没有一块可以不使对方觉察而能窥见对方的有利的立足点。很可惜，宗助想不出这样一个隐蔽处。要是在黄昏过后来，固然有利于自己不被人发现，却又不利于看清对方在暗中走过时的面貌。

不久，电车开到了神田。宗助感到今天像往常一样下来换车朝家中方向去是颇苦痛的事。他的神经简直不堪忍受接近安井要来到的那个地方，哪怕是一步。由于他要从一旁窥察安井的那种好奇心理一开始就不是十分强烈，所以在换车的瞬间就完全作罢了。他同众多的行人一样，在寒冷的街上走着，不过又同众人不一样，他没有明确的目的地。走着走着，店铺里上灯了，电车中也亮起了灯光。他跨进一家牛肉铺，自斟自饮起来。饮第一小瓶时显得有点儿馋，饮第二小瓶时已显出有些勉强的样子了，饮了第三小瓶倒也没有醉。他背倚墙壁，用一双犹如独醉而缺乏对手的那种眼神，惘然地瞪眼望着某一个地方。

时间是无情的。进来吃晚饭的客人不断地出出进进，大多数是为了完成任务似的，吃好饭，匆匆付了账就走了。宗助想到自己在喧扰的环境中已默默坐了多于别人两三倍的时间，才离座而去。

店门口被左右店家射来的灯光照得亮堂堂的，可以清清楚楚地分辨出由门口通过的行人穿戴着什么衣帽。不过，要照及大范围的寒冷的空间，这亮光实在太弱了。黑夜的力量使这万家灯火起不了多大的作用，世间依然一片阴暗。宗助裹着一件堪与这阴暗相协调的灰黑色外套，一路走去。此时此刻，他感到自己呼吸的空气都好像变成了灰色，在肺血管里搏动。

宗助今天晚上有点儿特别，实在不想去搭乘这些响着铃声、在眼前穿梭往来的电车。他简直忘记以前那种随同有目的赶路的行人们一起夺路向前的劲头了。而且，他扪心自问，自己是正在扮演着一个漂泊者的角色，不禁暗自发愁：如果这种状态长期持续下去，那该怎么办才好呢？他不能不暗自发愁。根据以往的经验，他胸中本铭刻着这么一句信条：时间是愈合一切创伤的良药。然而，这一信条已在前天晚上彻底崩溃了。

宗助在漆黑的夜晚一边走一边想，亟望能设法从这一心绪中摆脱出来。他的心绪是胆怯而浮动，不安又不定，显得过分懦弱而小气。他要努力想出具体的办法，搬掉压在自己胸口的重压。造成这种重压的根源是自己所犯下的罪孽和过错。为了能从它造成的恶果中脱身，他已顾不及去考虑别人的事，只能完全成为一个本位主义者。迄今为止，他是以忍耐度日，而今后，就必须积极地改变人生观。这种人生观不是口头上讲讲就能济事，必须发自真心实意才成。

宗助往前走时，嘴里反复不停地说着"宗教"这两个字。但是这声音随着每次的反复而归于消失。这"宗教"真是一个虚幻的词儿，宛如自以为已经握住的烟气，一张开手，不知不觉间就消失得无影无踪。

宗助从宗教联想起坐禅的事。从前在京都的时候，他有个同学曾去相国寺坐禅。当时宗助笑同学太迂，认为："当今这个时代还……"看到这个同学的举止同自己好像没什么大的差别，宗助尤其感到他实在太愚蠢了。

这个同学出自某种并非要同宗助的侮辱相对抗的动机，照旧不惜宝贵的时间，去相国寺行坐禅。宗助迄今思及这一情况，深为自己的轻薄行径感到可耻。他想：要是真如相传所言，坐禅有使人到达安心立命的境地的力量，那我可以向机关请十天、二十天假去试试。但是他于此道完全是一个门外汉，因此无法作出更为明确的打算。

宗助最后总算回到了家中，看到了同平时并无异样的阿米和小六，也看到了并无异样的吃饭间、客堂间、油灯和橱柜，不禁深深感到：唯有自己是在异于平时的状态下过了这四五个小时。火盆上方挂着一只小锅子，热气由盖下的缝里直往上蹿。火盆旁边，在宗助平时坐惯了的地方铺着他平时用的坐垫，坐垫前好端端地摆着餐盘。

宗助瞅瞅自己那只被特意倒伏着的饭碗以及这两三年来早晚用惯的木筷子，说道："我不再吃了。"

阿米显出些无奈何的神情，说道："哦，哦。这么晚了，我是估计你一定在什么地方吃过了。但顾虑到万一没吃过不好办，所以……"她边说边抄起抹布握着锅把，把锅落在壶垫上，然后招呼阿清把餐盘端到厨房里去。

以往，宗助每逢因故需在下班后立即去某处而晚回家时，总是一回到家就赶快把大致的情况讲给阿米听，这已成了习惯。而阿米在没听到他说起以前，也会感到不放心的。但是唯独今天晚上，宗助一点儿也不想谈自己曾在神田下电车的事、上牛肉铺子狂饮的事。而阿米根本不知就里，仍像往日一样，天真地问长问短。

"我也说不清究竟是为了什么，反正走进了那儿的铺子，想吃牛肉罢了。"

"那么，你是为了有助于消化，才特意走回家来的啰？"

"对，是这么回事。"

阿米听了，会心地笑笑。宗助见状，反而感到难受。

过了一会儿，宗助问道："我没回来前，坂井先生来家找过我吗？"

"没有。怎么回事呢？"

"前天晚上到他家去，他表示要请我吃饭，所以……"

"又约你了？"阿米有点儿愕然。

宗助不再往下说，径自去睡了。他觉得脑袋里有什么东西在穿行，乱哄哄的。每次睁开眼看看，只见油灯发出暗淡的光，一如既往地放在壁龛里。阿米好像睡得很香。这一阵子，宗助一直睡得很好，阿米倒有好几晚为睡眠不足而烦恼。现在，宗助闭着眼睛，邻室那只钟的响声异常清晰地传入他的耳朵里，使他更感到不好受。他起初听得那只钟连响了好几下，后来听得响了一声"当——"。这一浑然的响声像彗星的尾巴似的，在宗助的耳中朦朦胧胧地萦回了好一会儿。嗣后又听得响了两下，声音十分凄寂。在这段时间里，宗助下了决心要排除万难挺起胸来生活下去。钟敲三点的时候，宗助是处在朦胧中，好像听得又好像没有所得。而敲四点钟、五点钟、六点钟的时候，他已一无所知了。但是宗助梦见了人间在扩大，天空在波浪起伏地一伸一缩，地球像一只用丝线吊着的圆球，沿着弧度很大的轨迹在空间移动——一切都在恶魔的控制之下。七点钟过后，宗助才猛然从梦中醒来。阿米已像往日那样，脸带笑容地踞坐在枕边，而灿烂的阳光早已将黑暗的世界驱逐到什么地方去了。

十八

　　宗助怀揣一封介绍信走进了山门。这介绍信是一位同事的朋友给写的。这位同事上下班时，就在电车中把西装衣兜里的《菜根谭》[1]拿出来翻阅。宗助对这方面的书向来不感兴趣，当然不知道这《菜根谭》有什么名堂。一天，两人正好同车坐在一起，宗助问了问这是什么书。同事便把这黄皮小书递到宗助眼前，说"此书妙不可言"。宗助又询问"书中讲些什么"。同事听后，显出三言两语无法讲清楚的样子，有点儿玄乎地回答说："怎么说呢？反正是讲禅学的书吧。"同事的这种回答，宗助至今记忆犹新。

　　在拿得介绍信的四五天之前，宗助曾走到这位同事的旁边，突然询问说："你在研究禅学？"同事看到宗助绷紧了脸而且相当认真，便显出颇感吃惊的样子，答道："哦，谈不上研究，我读这书，一半是为了解解闷的。"随即就避开了。

　　宗助感到有点儿失望，怅然地回到自己的位置上。

　　这天下班回家，两人又同乘一辆电车。这位同事想起早晨在车中

1　此书是我国明朝末期的儒者洪自诚所著，凡两卷，书中把老子、庄子的禅学思想同儒家的思想合起来加以阐说。

对待宗助的态度很不应该，暗察他那问话里不无深意，于是，以远比早晨亲切的态度，向宗助作了有关的说明，但也明确表示：自己从未有过参禅的实践。并说道："如欲知悉详情，好在我尚有一个朋友，他经常到镰仓去的，我可以给你介绍一下。"宗助便在电车里把那人的姓名和地址写到记事本上，第二天，带着同事当时写的介绍信，不辞路远，特意前去拜访了。宗助事前向单位里请了十天病假。在阿米面前也以生病作借口。

"我的头部不舒服，向单位请了一个星期假，打算出门散散心。"宗助对阿米说。

阿米总觉得丈夫近来的情况有些异样，一直放心不下，正在这时候，却见平时优柔寡断的宗助这回竟如此果断，当然不胜高兴，但转念事情有些突如其来，便又感到十分惊讶。

"你要出去散散心，打算去哪儿呀？"阿米问道，差点儿没把眼睛瞪圆了。

"我想还是镰仓那一带比较合适。"宗助从容地回答。

土里土气的宗助同文明时髦的镰仓本该是风马牛不相及的。把这两者突然凑合在一起，不免有些滑稽。阿米听了也忍俊不禁了。

"哟，你倒是成了大老板啦。把我也一起带上吧。"阿米说道。

宗助已顾不得玩味妻子这种亲昵的说笑，严肃地辩解说："我不是到那种高贵的场所去享乐，而是要到那边的寺庙里去住上一个星期或十来天，静静地养养脑子。我也不知道这么办究竟能有多少作用，但大家都说，空气好的地方，对头脑肯定大有好处。所以……"

"那是当然的。你应当去。方才我是同你说笑，你别当真。"

阿米为方才调侃自己这位善良的丈夫而感到有些歉意。宗助则在第二天带好了介绍信，到新桥上了火车。

这介绍信的外面写有"释宜道方家"的字样。

"这些日子以来,他在那里当侍者,但最近塔头[1]的旧庵堂要整修,听说他住到那边照料去了。到了那儿再打听一下吧,你看怎么样?那庵堂好像是叫一窗庵。"

同事在为宗助写介绍信时,曾特别这么关照宗助,宗助边道谢着接过介绍信,边问明"侍者""塔头"这些前所未闻的字眼的含义,然后回家。

由山门而入,两旁是高大的杉树,遮去了天日,道路顿时变暗了。接触到这阴森森的空气,宗助立即感到这儿跟外面的世界迥然不同。站在寺境的进口处,令人产生一种好像要得感冒似的恶寒。

宗助先笔直朝里走,只见前方同左右两旁不时出现大小屋宇,但都不见有人进出,凄清之极。宗助琢磨着应该到什么地方去探问宜道的住处,不禁站在杳无人迹的路中央,向四周打量着。

寺庙好像是从山麓向上辟建的,进深足有两百多米,寺后树木参天,浓荫翳然。路两旁,丘陵连绵,限于地势,就在一些小小的高坪上垒石为阶,高筑门坊。平地上有好几处围着矮墙的所在。走近前去一看,每处门上的檐瓦下都挂有院名、庵名的匾额。

宗助走着看了一两块颜色已剥落的旧匾额上的字,忽有所悟:应该先找到一窗庵,问问是否有介绍信上所写明的那个和尚,要是没有,再往里找,这比较省事。于是,宗助踅回来重找,发现一窗庵就坐落在进山门处不远的右侧高石阶上。由于地处丘陵边缘,它面临日照充分而宽敞的寺庙门庭,背倚山腹,一派暖意,大有不畏严冬的样子。宗助通过寺门,由寺厨迈入堂屋,站在房门口的拉门前试呼了几声:"有人吗?有人吗?"但是没有任何人应声出来。宗助站在那儿静等了一会儿,观察里面的动静。过了许久,仍不见任何反响,宗助觉得奇怪,又按原

---

[1] 指本寺所属的小寺。

路走出寺厨，折向寺门。这时，由石阶下走上来一个和尚，头皮青得发亮，看上去很年轻，只有二十四五岁，脸色白皙。

宗助在门前同他照面后，问道："请问，有一位叫宜道的师父是住在这里吗？"

"我就是宜道。"年轻的僧人答道。

宗助闻言，又惊又喜，立即从怀里取出那封介绍信，递过去。宜道站着拆封，当场浏览了一遍，然后卷好信收入信封。

"欢迎。"他说着，亲切地点头致意后，走前一步为宗助领路。两人在寺厨的门前脱下木屐，推开纸拉门走了进去。屋里砌有一只颇大的地炉。宜道把套在深灰色布衣外的薄质粗劣的法衣脱下来，挂到钉子上。

"你觉得冷吧？"他说着，把深埋在地炉灰里的炭火刨了出来。

这位青年僧人是个举止言谈都从容不迫的人，同他的年纪颇不相称。他低声做过什么应答的话之后，那副笑吟吟的神态，使宗助觉得他不啻是一个女子。宗助心里在想：这个青年究竟会在何种动机之下毅然削发为僧的呢？看到他的安详举止，不免有些怜悯。

"这里一片肃静，看来今天大家都出去啦？"

"不，不光是今天，平时，这里除了我也没别人。所以有事走开时，我也是听任门户敞开着，没什么不放心的。方才我有点儿事儿到里面去了一下，以致失迎了，抱歉，抱歉。"

宜道为自己方才有失迎接远道而来的客人一事，重新表示了歉意。宗助觉得，就这么一个人，竟要看管这座大庙，辛劳是可想而知的，而自己还跑来给人家添麻烦，实在说不过去。

宜道见状，说道："哦，一点儿也不必客气。这是为了修道嘛。"说的话感人至深。他还告诉宗助，除宗助外，眼下这儿还有一位修道的居士。并说这位居士来山寺已有两年了。宗助在两三天之后才看到了这位居士，是一个脸相似罗汉那样令人发噱的乐观者。他手提三四根细萝卜，说是今天弄来好吃的了，请宜道把萝卜煮熟吃。宜道和宗助都作了陪客。事后宜道笑着告诉宗助：这位居士的脸相酷似和尚，所以时常混在僧堂的和尚中，去吃村里人家的斋饭什么的。

此外，宗助还听到了各种有关俗人进山寺来修道的事情。说是其中有一个在此修道的售卖笔墨的人，他背负着大批货物，在附近一带蹼蹀了二三十天，至货物快售尽时，便回山寺坐禅。不久，见食物要吃完了，便又背负着笔墨，出去销售。他生活在这两端之间，仿佛数学上的循环小数，周而复始，他也乐此不疲。

宗助把这些倜傥无羁的人过的日子同自己目前的内心生活一对照，不禁惊叹其间实有天壤之别。宗助感到迷惑的是：这些人是生性豁达故能坐禅呢，抑或是坐禅导致了他们襟怀豁达的呢？

"随心所欲是不行的。要能乐在其中，才会二三十年云游四方而不以为苦。"宜道这么说。

宜道仿佛对眼下的宗助很不放心，于是对宗助谈了坐禅时的一般注意事项，谈了关于老师僧出思考题的事，谈了对于思考题必须废寝忘食、不分朝晚昼夜地进行冥思苦索等等。

最后，宜道说道："现在我陪你到下榻的地方去。"随即站了起来。

两人走出砌有大地炉的房间，横穿过大殿，从廊庑上推开边上一间房间的纸拉门，乃是六铺席大的客堂间。宗助被引至这里时，才感觉到自己已是一个独自来到远乡的人。不过，也可能是四周围的幽静气氛的反作用吧，脑子里反而比在城市时更不平静。

大约过了一个小时，宗助听到从大殿那边传来了宜道的脚步声。

"老师僧要召见你了，如已就绪，这就走吧。"宜道说着，很有礼地把膝头落在门槛上。

两人联袂而出，可谓人去寺空。顺着山门的那条通路朝里走了一百多米，见左侧有一个荷花池。时值寒令季节，池中淤塞而混浊，了无情趣，但是对面那所廊庑上围有栏杆的厅堂，一直突向高崖的边沿，却大有文人画中的那种清雅风致。

"那就是老师僧的下榻处。"宜道指了指那较新的建筑物。

两人从荷花池前走过，登了五六级石头台阶，仰望着正面那大伽蓝的顶部，旋即向左拐去。

在临近正门处的时候，宜道说道："对不起，我先进去……"便绕向后门去了。

不一会儿，宜道从里面走出来，说道："哦，请进。"便引着宗助来到老师僧的面前。

这位老师僧好像有五十岁的样子，古铜色的脸膛，皮肤和肌肉结实，没有丝毫驽的模样，这形象宛如一尊铜像似的，铭刻在宗助的心间。不过，唯有嘴唇过厚，显得有些松弛。但是眼中闪烁着一种异彩，这是普通人绝对没有的。接触到这种视线，真令人有暗中见利刃闪过的感觉。

"嗯，不论来自何处，都是一视同仁的。"老师僧对宗助说道，"你该去思索一个问题：父母未生你之前的本来面目是什么？"

宗助虽然不太明白"父母未生你之前"是什么意思，但从整句话的意思琢磨，无非是要你认识自己的本体究竟为何物。宗助觉得自己太缺乏禅学知识，不便多问，遂默默地由宜道引领着回一窗庵了。

晚饭时，宜道告诉宗助：去老师僧处问道的时间是在一早一晚，凡两次；老师僧讲道的时间是在上午。

他又亲切地关照说："老师僧今天晚上大概还不至于会做问道的答疑，明天早上或者晚上，我再来约你吧。"并且要宗助注意：在最初阶段，屏息静坐是会感到难熬的，所以嘛，最好点起线香来计时间，每隔一段时间休息片刻。

宗助手持线香，从大殿前通过，走进派给自己住的那六铺席大的房间，惘然地坐下来。宗助强烈地感到，对自己来说，那种所谓的思考题简直同自己的现状毫不相干。这就如同自己现在是苦于肚子痛而来求医，岂料这儿的对症疗法竟是要我解答一道令人头痛的数学题，说什么"哦，你可以思考一下这道题"。命我思考数学题也未尝不可，但是不先治疗一下肚子痛，这就未免不合情理。

与此同时，宗助觉得自己是请了假，特意到这儿来的。即使看在为自己写介绍信的人的分上，看在殷切关注自己的宜道的分上，自己也不能过分草率行事。宗助下定决心鼓起勇气，全力以赴地向思考题进攻。而这将会把他引往什么地方呢？会给他的心灵带来什么后果呢？他自己是一无所知。他是不是被好听的"悟"字所诱惑，而在做一次与自己的平生不相称的冒险呢？是不是抱着一个渺茫的期望：万一冒险成功，便可使眼下惶惶不安而又懦弱的自己得到解救呢？

宗助在冷却了的火盆灰中焚起细细的线香，遵嘱在坐垫上作参禅的跌坐[1]。这房间在白天并不怎么样，但是，等到太阳一下山，顿时寒气袭人。宗助坐在那里，已感到背心发凉，冷得受不了。

宗助思索着。但是思索的方向和思索的中心问题都虚幻得不可捉摸。宗助一边思索一边狐疑：自己的这种行径可能是极其迂腐的。自己可能是在扮演事与愿违的角色，可能远比临上火灾现场还去打开地图仔细查找街名里名更为迂腐。

宗助的脑海里闪过形形色色的事物，有的形象清晰，有的混沌如浮云，而且不明其来踪去迹，唯觉一个消失，一个接踵出现，连绵不断，无尽无休。从头脑中通过的事物可谓无限、无数、无尽藏，其去其留，绝不服从宗助的主观愿望。宗助越是想赶快刹断，它们就越是

---

[1] 指那种以一足搁到另一条腿上的坐法。

滚滚涌来。

宗助感到很可怕,亟欲恢复常态,两眼望着房间内的情景。只见灯光昏暗,插在炉灰中的线香只燃烧掉一半左右。宗助开始意识到这可怕的时间竟是如此漫长。

宗助重又思索起来,于是,有形有色的东西立即从脑海中通过,宛如一群群的蚂蚁蠕蠕而动,一群过去,紧跟着又是一群……而凝固不动的,只有自己的身体。宗助的心也在悸动,苦恼难当。

不料,僵化的身体也由膝盖处开始作痛了,笔挺的脊梁在慢慢地、慢慢地向前曲。宗助用双手去抱左脚背,把左脚从右腿上放下来。他漫无目的地站了起来,又想推开纸拉门到外面去,在大门前跑几个圈子。四下万籁俱寂,简直像不可能有人存在似的——不论已入梦乡的还是醒着的。宗助失去了外出的勇气,但想到要屏息静坐在冥想中受苦,更属可怕。

宗助咬咬牙关,又点上一支新的线香。然后大致重复了一次焚前一支香的过程。最后忽有所悟:如若思索问题是目的,那么坐着思索与睡下思索应该是一码事呀。于是,他把叠在屋角的那床有欠干净的被褥铺好,钻进了被子。但是,本来就甚感疲乏的宗助,未及思索什么就沉入酣睡中了。

睁眼醒来,见枕旁的纸拉门已在不知不觉中透进亮光,未几,在那白色的门纸上有阳光的影子在渐渐逼近。这山寺,白天无须人看管,晚上也听不到关闭门户的声音。宗助一意识到自己现在不是睡在坂井家崖下的昏暗斗室里,立即翻身起床。他走到廊庑上,一株高及檐端的大仙人掌映入眼帘。宗助又一次穿过了大殿的佛坛,来到昨天那个砌有地炉的吃饭间。这里的样子悉如昨日,宜道的法衣仍挂在弯头钉上。而宜道正蹲在厨房的灶前烧火。

"早啊。"宜道见是宗助来了,便亲切地致意,"方才想约你同去,但见你睡熟了,所以十分抱歉,我一个人去了。"

宗助从而得悉这位青年僧人是在黎明时分参禅完毕,才回来烧饭的。

他看到僧人在用左手不断地添柴,右手中有一本黑色封面的书,好像是在忙中抽闲地读它。宗助向宜道问明了书名,叫《碧岩集》[1],这书名颇难理解。宗助的心里在盘算:与其像昨晚那样盲目地苦苦思索而徒伤脑筋,不如借些这方面的书看看,倒可能是一条能悟得要领的捷径呢。宗助向宜道说出了这个想法,但宜道斩钉截铁地否定了宗助的想法。

"看书是很不好的做法。老实说,看书最妨碍修行。像我们这些人,虽然在看《碧岩集》之类的书,但是碰到超过自己理解能力的地方,就会感到莫测高深。待到养成了随便臆测的习惯,便又有碍于坐禅,动辄去预测超过自己水准之上的境界,或去守株待兔地等候领悟,可以阻碍你充分深入,达不到该有的造诣,真是害人不浅,所以你最好别去尝试。如果你一定要看些什么书的话,我看嘛,就选择像《禅关策进》[2]这一类能鼓舞和激励勇气的书籍为好。不过,这也只是为了激发而读它,与禅道本身无涉。"

宗助不大能理解宜道的意思。他站在这位年轻而头皮光得发青的和尚面前,觉得自己简直成了一个低能儿。他的傲气远在京都那个时期,已被磨尽,变得以平庸为做人的宗旨,以迄于今。在他的心里,所谓"闻达",已与他风马牛不相及了。他按自己的本色,不加掩饰地站在宜道的面前,而且,他必须进而承认,眼下的自己不啻是一个远比平时更为浅薄无能的赤子。这是宗助的一项新的自我发现,也是

---

[1] 我国宋代圜悟禅师著,凡十卷,有临济宗门第一书之称。
[2] 我国的云栖寺高僧袾宏撰,1600年问世,分前集后集。为有志于禅学者的必读书。

一项足以根绝自尊的发现。

在宜道停烧灶火而焖饭的时候,宗助由厨房间出来,下至院里的井台边洗脸。一座杂木树的林山顿时出现在眼前,山麓处开拓出一块较平整的地方,辟为菜园。宗助为了让自己潮乎乎的脑袋承受些冷空气,特意走到了菜园里,发现这儿的山崖下有一个人工掘出来的大洞。宗助在洞前站了片刻,朝漆黑的洞里望望。然后回到吃饭间来,只见地炉里冒起充满暖意的火苗,铁壶里传出了水滚的声响。

"一个人做事毕竟慢了些,请多包涵,马上就开饭了。不过,这样的地方拿不出什么可招待的,十分抱歉。明后天当另行款待,并可让你去洗洗澡。"宜道关切地对宗助说。宗助不胜感激地面炉而坐。

不一会儿,饭吃好了。宗助回到自己的房间,又面对那个父母未生之前云云的怪问题,凝神静思了。但是这个问题原本就没头没脑,所以无从发挥,绞尽脑汁也闹不出一个眉目。于是,很快就厌烦起来了。这时宗助忽然想到应该向阿米谕示自己已到达这儿的消息才对。这种俗念的滋生仿佛使他感到十分欣慰,便赶快从包中取出信纸、信封,给阿米写起信来。首先写了这里很安静;继而写了大概是近海的关系,气候倒比东京暖和;空气宜人;介绍信上的那位和尚待人温厚可亲;不过吃得不大好、被褥不干净等等。写着写着,不觉已用去了三尺信纸,所以就此搁笔。而关于被思考题所苦、坐禅引起膝关节痛、由于用脑过度似乎使神经衰弱症日益厉害了之类的事情,他是只字不提。他借口要为这信贴邮票、投寄出去,赶紧下了山。他在村中踯躅了一圈后返回寺来,一路上始终被"父母未生之前"、阿米、安井这些事搞得惶惶不安。

午间,宗助遇见了宜道谈到的那个居士。这位居士递上碗请宜道盛饭时,根本不说一声致谢的话,而是双手合十叙礼,递个眼神而已。听说这种静静处事的做法就是什么禅法,而这种不开口不吭声的做法是从一种不至干碍思索的精神中化出来的。宗助目睹了如此一丝不苟见诸行动的实例，同自己昨天晚上以来的表现相对照，感到非常羞愧。

饭后，三个人在地炉旁谈了一会儿。居士说他自己坐禅时，不知不觉中蒙眬入眠了，忽然之间醒悟过来，不禁为自己有所悟而欣喜不已，然而最后睁开眼来一看，见故我依然而不胜沮丧。宗助听了为之解颐，想到竟有在如此乐观的思想状态下参禅的，也多少感到宽慰些了。

但当三个人要各自回自己的房间去时，宜道严肃认真地奉劝宗助："今晚我来约你同去，你回房后要好好坐禅，直到夜幕降临时分为止。"宗助听后，又感到身上有了一种责任，怀着犹如胃里滞积着难消化的硬团子似的不安心情，回到了自己房里。他再次点起了线香，开始坐禅，但是无法坚持坐到夜幕降临。他想：不管答得对不对，必须事先备好一个说法才行。可最后还是支持不住，一心只望宜道能早点儿穿过大殿来通知开晚饭才好。

太阳随着宗助的烦恼和疲惫而渐渐西斜。映到纸拉门上的日影在慢慢地远去，寺里的空气从地下一点点冷上来。早晨起，风就没吹拂过树枝。宗助走到廊庑上，仰视高高的屋檐，见黑黑的屋瓦断截面笼成长长的一排，又见宁静的天空让青苍色的光芒向天底部渐次沉落，天空也就渐渐暗淡下来了。

十九

"留神哪。"宜道说着，领先一步走下昏暗的石头台阶。宗助尾随在后。这儿与城里不同，一到晚上，脚下的路面看不真切，所以宜道打着灯笼，照着脚下的一小块路面。两人往下走完石头台阶后，见高大的树枝从路的两边伸过来，像是要落到头顶上似的，把人荫蔽在天空下。夜色黑魆魆，树叶的苍黛色仿佛要渗入两人的衣服织线缝里似的，使宗助感到寒意袭人。这种凛冽的色调仿佛多多少少也反映到灯笼的光泽中了。可能是因为宗助一味想象着树干是何等魁伟的缘故吧，这灯笼竟显得微乎其微了，它在地面留下的光晕也只有几尺的范围。被照到的部分成为灰蒙蒙的断片，随着行进而轻盈地落到了黑暗中，并随着两人的黑影，也随着脚步的移动而移动。

走过荷花池，向左往上登，这段夜路使从来没走过的宗助脚下打滑，木屐的底齿屡次绊在扎嵌在土中的石头上。他们本可以横抄荷花池前的一条小路，但是宜道考虑到小路坑坑洼洼的地方太多，对不曾走惯的宗助来说，虽近却诸多不便，所以特意领宗助走大路。

迈进正门，见昏暗的泥地间里并排放着不少木屐。宗助仿佛为了避免踩着别人的这些木屐似的，欠着身子轻轻进入屋里。这屋子约有八铺席大，墙际成一行地坐着六七个人，中间是一个身穿黑色法衣的光头僧人，其余的人都穿着裙裤。他们空出了通向楼梯口和里屋的一段三尺左右的廊道，毕恭毕敬地在垂直方向上排成一行，而且一声不吭。宗助朝他们望了一眼，首先被一种峻刻的气氛所震撼。他们全都闭紧了嘴，用力锁着像是在搜索枯肠的眉头，可谓目不旁视、专心致志。不论有什么人进来，他们一概不去分心，宛如活的雕像似的凝神专注于自身的事，在没有炉火暖意的屋子里肃然而坐。宗助见状，感到山寺的寒意中现在又新添上了一种肃穆的气氛。

过了一会儿，在冥冥之中听到了人的脚步声响，起先极轻，渐渐加强，向宗助落座的地方走近来，最后，一个僧人突然从廊道口露面，又从宗助的身旁通过，一言不发地消失在外面的黑暗中了。于是，离宗助很远的院落深处传来了摇铃的声音。

这时，与宗助并排着肃然打坐的人中，站起来一个身穿小仓芝麻布裙裤的人，他依旧一声不吭，走到房角落而正对廊道口的地方坐下来。这里有一只大约高两尺、宽一尺的木架子，架中吊着一个颇似铜锣而远比铜锣厚重的东西，在微弱的灯光中泛着苍黑色。这个穿裙裤的人操起搁在台上的丁字形钟槌，朝着这状如铜锣的钟中央打了两下，发出了洪鸣声。于是，他起身走出廊道口，向院落深处的方向而行。这次的脚步声同先前的恰好相反，是愈远而愈轻，以至于在什么地方停住便无声了。宗助坐着，不禁暗暗吃惊，寻思着这个穿裙裤者的身上发生了什么事呢，但是没听见院落那儿有任何动静。与宗助并排坐着的人都神色依然，没有什么反应。只有宗助在心中静候内院有什么声息。这时候宗助忽然听到了摇铃声，与此同时，传来了踏着长廊渐渐走近来的脚步声。身穿裙裤的人又在廊道口出现，只见他一声不吭地走出正门，消失在夜霜中了。这时，打坐的人中又站起来一个人，去打响那只钟，接着又听得脚步声踏着廊道橐橐地走向院落深处而去。宗助把手按在膝上，一面留神着这依次默默进行的事态，一面静等轮到自己身上来。

当那个与宗助只相隔一个人的人起身走进去后不多久，内院传来了大声的叫喊，由于距离远，这喊声虽不足以震撼宗助的耳膜，然而喊声用力之强是显然的，而且那喊声带有其人独特的音色。当宗助贴邻的那人站起来时，一种"终于要轮到自己头上来了"的意识笼罩着宗助周身，使宗助越发沉不住气了。

宗助为那个思考题准备好了自己体会到的答案，但这一答案极其浅薄，连自己都觉得难以通过，既然已经来到了这儿，就得提出一些见解，事不得已，只好把生硬、受拘的地方搞得能自圆其说一些，以便应付眼前这一关。其实宗助做梦也不敢设想，凭着如此靠不住的答案能够侥幸过关。当然，宗助也丝毫没有要欺瞒老师僧的意思，应该说，他这时候的态度比较认真，他感到空虚，他对于自己只得用纯粹是想象出来的、宛如画饼似的货色去现场蒙混，觉得可耻。

宗助像其他人一样打响了钟。可是打钟时，他心里很明白：自己实无打此钟的资格；别人有此资格，我宗助像猿猴学戏，何以自处！

宗助抱着自己矮人一截的惶恐感，走出房门口，沿着寒意凛然的长廊一步步走去。右侧的房子里都是黑洞洞的。拐了两个弯后，看到对面尽头处的一扇纸拉门上映着灯影。宗助走到这屋子的门槛前站停。

进入室中的人照例得向师僧行三拜之礼。拜法同平时问候致意时一样，把头顶躬向地席，同时两手手掌向上摊开，置于头部的左右，有点儿像捧着什么东西似的移至耳边。宗助跪在门槛处，照此拜法开始行礼。

这时，听得室中传来表示领情的声音："一拜足矣。"宗助闻言，终止跪拜，进入室中。

室内沐浴在昏暗的光亮中，反正灯光是弱得不可能披览字体最大的书籍。宗助有生以来还想不出有谁能在如此微弱的灯光下上夜课的。当然，这灯光要比月光亮一些，而且不是月光那种苍白色，而是带有就要沉浸到朦胧之境的倾向。

在这静谧而迷茫的灯光下，宗助认出了宜道所说的那位师僧正坐在自己对面四五尺远的地方。老师僧的脸膛依旧呈古铜色，仿佛塑像似的纹丝不动，全身披裹着带有素雅的柿色和褐色的法衣，看不到脚和手，只能看到颈项和脑袋，神情极其严肃、紧凑、坚毅，使人见了像是永远可信、不必担心会有改变似的。而头上呢，一根头发都没有。

宗助面对老师僧而坐，觉得自己像是丧失了气魄似的，不知说了一句什么，就不吭声了。

"你这话太浮泛了。"老师僧启齿说道，"这等话，那是多少有点儿知识的人都能说的。"

宗助犹如丧家之犬退了出来，只听得后面发出了震耳的摇铃声。

二十

听得纸拉门外传来两下"野中君、野中君"的呼喊声,宗助蒙眬中是想回答一声"在"的,但是没来得及张口,已先成眠,什么也感觉不到地陷入了沉睡。

第二次醒过来时,宗助惊跳了起来。跑到廊庑上,只见宜道身穿灰布衣服,扎起衣袖,正不辞辛劳地在擦拭廊道。

"早呀。"

宜道用冻得发红的手拧绞着湿抹布,同时以他惯有的亲切神情,笑吟吟地向宗助致意。

宜道今天仍旧一早就做过了参禅的课业,然后回庵中做这样的清洁工作。宗助思及承对方特意来呼唤,自己却懈惰得没能起来,扪心自省,赧颜之极。

"今天清晨又不知不觉地睡过了时间,对不起,对不起。"

宗助搭讪着,虚怯怯地由厨房门口走到井台边,汲了冷水,尽快地洗了脸。两颊处的胡子已长得扎手,但宗助现在好像无暇去操心这种事了,他不住地把宜道同自己放在一起比照着、思索着。

据宗助拿取介绍信时在东京听得的讲法,是说这位宜道和尚乃是一位禀质不同凡响的人,而且在参禅上已臻功告垂成的境地。不料会见后，宗助感到对方简直像一个目不识丁的僮儿，然而谦恭多礼。宜道那副扎起衣袖辛劳干活的模样，无论如何也不像是一位独当一面的庵主，倒像个庶务僧或小和尚之类的角色。

原来，这个身材矮矮的青年僧人在未削发出家之前，曾作为一个普通的俗人来此修行，当时，他用一足置于另一腿上的打坐姿势，坐了七天七夜而不曾动一动。最后，脚发痛，腰直不起来，需要上厕所什么的时候，不得不艰难地倚着墙向前移动。那时候，他从事雕刻业，是个能手。在见性而彻悟之日，他喜不自胜，奔至后山，放声高喊："草木国土，悉皆成佛！"[1] 遂削发为僧了。

他在经管此庵以来的这两年中，还不曾正式铺好床、伸直腿好好睡过一觉；即使在冬天，他也不脱衣服而倚墙坐着入睡；他在寺里当侍者的那个时候，师僧的兜裆布也归他洗濯；这还不算，要是他偷得片刻的工夫略为坐一坐，接踵而来的就是存心的作难、咒骂，他也曾屡次为出家入空门当和尚而悔恨，怪自己究竟做下了什么孽才有此种报应。

"好容易过到了现在，才尝到了一些甜头。不过，路还远着呢。修行确是一件苦事。要是不须费什么气力就能成功，我侪再笨，也无须这么甘受十年、二十年苦了。"

宗助听后，唯觉惘然。他为自己缺乏毅力和精力而感到焦虑，进而又觉得，要是不花费如此漫长的岁月就无所硕果，那自己又何苦到这山中来呢？这就滋生出了一个大矛盾。

"无须患得患失了。打坐十分钟，就会有十分钟的功德，打坐二十分钟，就会有二十分钟的功德，这是不言而喻的事。况且，能漂

---

[1] 这是讲述大乘佛法时的偈文，凡四句："一佛成道，观见法界，草木国土，悉皆成佛。"

漂亮亮地闯过最初一关，日后的事情就好办了。所以……"

就是按情义说，宗助也得再次回自己的房间去打坐。

这时宜道进来约宗助，说道："野中君，老师僧讲道了。"

宗助闻言，由衷地感到喜悦。他被那无从入手——就像捏不着秃头的头发一样的难题弄得焦头烂额，坐着凝思，不胜烦闷，实在苦恼不堪。他亟望有使身体好好活动一下的机会，什么吃力的活儿也不在乎。

老师僧讲道的场所，就在那个距一窗庵一百多米的地方。从荷花池前通过，不要向左拐弯，而是径直走到底，可从松树间仰见气势雄伟的高大屋檐。宜道的怀里放着那本黑色封皮的书，宗助当然是空手去的，而且至此方知：所谓讲道，就是学校里上课的意思。

室内的天花板很高，房子也相应地宽大，而且带有寒意。地席的色调已经陈旧，同旧了的屋柱配合在一起，像在讲述往事似的，显得极其幽静。室里坐着的人，无不显得浑厚质朴，各人在不同的座位上依次落座，没有一个人在大声说话，也没有一个人在笑。众僧人都穿着藏青色麻织法衣，在正面的曲录椅[1]两旁，相向列成两行。曲录椅漆着红色。

不一会儿，老师僧出现了。宗助的两眼注视着地席，所以根本不知道老师僧是从何处、由哪一条路线过来的。现在，宗助看到了老师僧从容不迫地坐在曲录椅上的庄重姿态；看到了一个青年僧人站着解开紫色的方绸巾，从中取出书来，毕恭毕敬地放到桌子上；又见他礼拜后退了下来。

这时候，堂上众僧一齐双手合十，唱诵梦窗国师[2]的遗诫。于是，落座在宗助前后的众居士，也都和着僧人的调子，同声唱诵。可以听出

---

[1] 一种大和尚在行佛事时坐的椅子，一般漆成大红色，靠手呈弧形，坐垫较高并张有皮革。
[2] 佛教临济宗的高僧疎石（1275—1351），号梦窗国师，天龙寺的开山鼻祖。

来，这大概是一段带有某种声腔的文字，介于经文同一般口语之间。

"我有弟子三等。毅然决然割绝众因缘而潜志悟求自身之大事者为上等，修行欠纯而喜涉猎杂学者为中等……"云云，全文并不怎么长。宗助起先不明白这梦窗国师系何许人。经宜道指点后才知道：这梦窗国师同大灯国师[1]均为禅门中兴之祖。并从宜道嘴里获悉：那大灯国师为自己生来是瘸子而不能有完好的打坐姿势一事，抱憾之极，遂在临死时表示"今日定要了却夙愿"，说着，硬是使劲摆弄那条瘸腿，就这样，为了取得完好的打坐姿势，流出的鲜血洇红了法衣。

过了一会儿，开始讲道。宜道从怀里取出那本书，翻开一半放在宗助面前。这本书的书名叫《宗门无尽灯论》[2]。

开讲伊始，宜道告知宗助："这是一本不可多得的好书。"说是白隐和尚[3]的弟子东岭和尚[4]所编，主要讲修禅者如何由浅入深的途径，以及随之而产生的心境变化。写得条理分明。

宗助从半途中听起，有些不得要领，但是讲道者巧舌如簧。静静地听着听着，也颇能引人入胜。另外，也许是为了鼓舞参禅者吧，讲道人往往要插讲一些旧时苦苦修行此道者的经历，着意渲染一番。这天当然也不例外。

不料讲到某处的时候，讲道者突然换了一种语调，告诫入室闻道而不虔诚者，说道："最近有人来此诉说，老是浮想联翩，无法全神贯注……"宗助听了不觉吓了一跳，他很清楚，这去室内作如此诉说

---

[1] 佛教临济宗大德寺派的鼻祖妙超（1282—1338），号大灯国师，1324年创建大德寺。

[2] 东岭和尚所著。据说著者为著此书，病笃时仍不辍笔。

[3] 白隐和尚（1685—1768），临济禅中兴之祖，伊豆龙泽寺的开山鼻祖，一生不近王侯，为庶民所崇。

[4] 东岭和尚（1721—1792），临济僧，名圆慈，幼从高山和尚，后为白隐和尚的弟子，苦修多年。另著有《达摩多罗禅经疏》七卷，《快马鞭》一卷。

的人就是自己呀。

一个小时之后,宜道和宗助又一同回到了一窗庵。

在归途中,宜道说道:"老师僧在讲道的时候,常会那样规劝参禅者的不轨。"

宗助听了这话后,没有搭腔。

二十一

　　宗助在山寺中的日子，就这么一天又一天地过去了。阿米寄来过两封写得相当长的信。当然，两封信上都没有出现新的惊扰宗助的担心事儿。宗助往常思妻心切，这回却拖延着，始终没有写回信。他觉得，若不能在离开山寺以前使那些思考题作出结论，此行岂不是枉抛心力了？也愧对宜道哪。清夜扪心，这实在是一种难以名状的压力。所以在寺中见太阳晨至暮归，日就月将，宗助焦虑不已，觉得时日在身后紧追不放，但是自己除了最初所作的那一点答案之外，根本无法再向问题靠近一步。他一而再再而三地反复思索，仍自信最初那个答案是正确的。然而，这又无非按逻辑演绎出来的，于内心毫无补益。宗助极想舍弃这个正确的办法而去谋求更好的办法，然而影踪都不见。

　　他在自己的房间里冥思苦索，感到疲乏时，就由厨房下至后面的菜园，于是进入崖下那个横开的洞穴，一动也不动。宜道曾说过"不能心不在焉"，说过"一定要渐渐做到全神贯注，最后凝结成铁棒一样才行"。宗助觉得，这些话听得愈多，实践起来就愈是困难。

　　"胸中先有城府是不行的。"宜道又这么告知宗助。宗助更加不知所措了。忽然，宗助想到了安井的事——安井若是屡屡在坂井家出入而暂时不回中国东北的话，自己得及早迁居才行。看来，这是一条上策。与其在这地方缠磨,倒不如尽早回东京做些安排要来得实在一些。如此悠悠忽忽,一旦让阿米有所闻,只会更加伤脑筋。

"看来,像我这样的人来参禅,是不可能有功果的。"宗助仿佛下结论似的抓住宜道,这么表示。这是宗助回家前两三天的事情。

"不,只要有信心,谁都会有所悟的。"宜道断然地说道,"法华三昧,不啻梦中击鼓。当头巅至足底悉以思考题充灌之时,新天地自会豁然显现于前。"

宗助黯然神伤,深以自己的境遇和品性都不适合于作此激烈的冒进而感到可悲。何况自己能在这山寺中逗留的时日已经有限。他是一个本想大刀阔斧地割绝生活葛藤却迂陋不堪地陷入山中迷津的愚氓。

宗助心里这么想,却拿不出勇气向宜道披露这些话,因为宗助从心底里尊敬这位勇敢、热忱、认真和亲切的青年禅僧。

"有道是:'道在迩而求诸远。'[1]信然。近在咫尺之事,却往往视而不见,听而不闻。"宜道颇感遗憾地说。宗助便退回自己的房间,又焚起了线香。

而宜道所说的这种状态,说来颇不幸,宗助直到不得不离开山寺那天为止,始终没有得到什么开拓出明显的新局面的机会。到了这天早晨启程时,宗助只好断然丢弃了希望。

"多承照应了。说来惭愧,却也无法可想。后会有期,请多保重。"宗助向宜道致意。

宜道带着歉意地说:"谈不上啊。万事照应不够,一定使你感到诸多不方便了。不过,你经过这为时不长的坐禅,还是有了相当大的变化。你特意来此,没有徒劳。"

---

[1] 语出《孟子·离娄上》。意为道的出发点正在卑近的足下,却有不少人一心致力于高远的地方。

但是宗助清楚地感到，这次来此，简直是白白耗费了时间。他觉得宜道以温言相慰，正足以反证自己的朽不可雕，能不汗颜！

"悟之迅缓，因人而异，不能据此以论优劣。有人始易而进展迟滞；有人长时不得其门而入，至关键时刻却能长驱直入。所以切勿失望，唯满怀信心为至关重要。如已故的洪川和尚[1]，素来笃信儒教，中年后始改修禅道，唯剃度后三年间，一无所悟，遂谓：'此业艰深，吾不得悟矣。'每晨面厕礼拜，后来居然成了那样无所不通的高僧。这就是最为典型的一例。"

宜道的这番话，暗含提醒宗助"回东京后仍勿失去信心"的意思。宗助虽然洗耳恭听，心里却有"大事已过去一半"的感觉。他自己去叫看门人开门，但是看门人在门的那一侧，任凭你怎么敲门，竟连脸也不露一下。只听得传来这样的声音："敲是没有用的，得自己想办法把门打开后进来！"

宗助便思考着如何才能把这门上的门闩拉开呢？他考虑好了弄开门闩的办法，但是他根本不具备实行这个办法的力量。所以自己现在的情况是同没想出办法来之前的情况毫无二致，他依然被锁在门里。他平时是依靠自己的理智而生活的，现在，这理智带来了报应，使他感到懊恼。于是，他羡慕那些根本不讲是非的刚愎自用者，同时也崇仰那些心无二意的善男信女。他感到自己生就着必须长时伫立门外的命运，这是毫无办法的事。既然此路不通，自己却偏来走这条路，真是太矛盾了，而且回首身后，竟然连由原路而回的勇气也没有了。举目向前，却又只见厚实的门扉始终挡住了自己的视线。他不是能通过这门的人，又是非得通过不可的人。要之，他是一个只能悚然立在此

---

[1] 洪川和尚（1816—1892），法号宗温，别号虚舟，又称苍龙窟。始信儒学，后出家苦修，1875年任镰仓圆觉寺管长。著有《苍龙广录》五卷、《禅海一澜》两卷，是当时大学生们所喜爱的读物。

门下等待薄暮降临的不幸者。

　　临行之前，宗助由宜道陪同，去老师僧处辞行。老师僧引他俩进入位于荷花池上方、廊下装有栏杆的客厅里。宜道径自去邻室沏茶。

　　"东京还颇冷吧。"老师僧说，"能悟出点儿头绪之后，回去也会舒畅些。可惜啊……"

　　宗助听过老师僧的临别教诲，恭恭敬敬地行过礼后，又从十天前进来的那个山门走出去了。封压在寺甍上的杉树树色，笼着冬意，黑魆魆地耸立在宗助的身后。

二十二

　　宗助踏进家中的门槛，不由得顾影自怜起来。他在这十天中，每天早晨只用冷水沐头，不曾用梳子梳过一下，刮胡子就更顾不上了。每天三顿都承宜道招待，主食虽是白米饭，副食却只有青菜、萝卜。他的脸色自然而然地变得苍白，且比离家时多少显得消瘦一些了。此外，他在一窗庵养成的那种冥思苦索的习惯，现在还没完全丢掉，留下了犹如母鸡孵蛋的心情，脑子不能像平时那样自由地驰骋了。而在另一方面，他又惦念着坂井的事情。说得准确些，他倒不是在惦念坂井，而是心里丢不开被坂井称作"冒险家"——这声音一直在宗助耳际回响——的那位兄弟，也丢不开这位宝贝兄弟的朋友——弄得宗助心神不宁的——安井。但是，宗助没有勇气自己到房主家中去问个明白，他更不能间接去问阿米，因为宗助在山寺的期间，就无日不提心吊胆：但愿阿米不要风闻有关这事的任何情况。

　　宗助在家中那间住了好多年的客堂里坐下来，问道："乘火车这玩意儿，也许是情绪的关系吧，短短的旅程也够乏人哪。我不在家的这些日子里，有没有什么新闻呀？"确实，宗助的这副脸色说明他连短途的火车旅行都经受不了。

　　阿米那种在丈夫面前总是笑容可掬的神态，今天不见了。不过，面对特意出外休养刚回到家里的丈夫，阿米实在不忍心露骨地说出"看来你的身体反而比没去休养时差了"。

阿米特意用轻松的语调说道："休养得再好，一回到家，总会有点儿委顿的。不过，你是显得过分萎靡不振哪。请你先休息一下，去洗个澡、理理发、修修面好不好？"她边说边从桌子的抽屉里拿出一面小镜子，请丈夫自己照照。

宗助听了阿米的这一番话后，才觉得一窗庵的气氛被风吹走了。离开了山寺而回到家中，宗助便复元为本来的宗助了。

"坂井先生那儿没送来过什么消息吗？"

"没有，什么消息也没有。"

"关于小六的事情也……"

"也没有。"

小六没在家，去图书馆了。宗助拿了毛巾和肥皂，走出了屋子。

宗助第二天早上去上班，大家都问起他的病情。有人说他好像清瘦了一些。宗助觉得话中不乏无意识的冷嘲味。那位读《菜根谭》的人只是问道："嗯，事情还顺利吧？"宗助闻言，不胜感慨。

当天晚上，阿米和小六追根究底似的轮番着询问宗助在镰仓的情况。

"无须留什么看门人。进出自由，真是逍遥自在啊。"阿米说道。

"哦，每天要出多少钱，才能蒙准收留呢？"小六问道。接着说，"要是扛了枪去打打猎什么的，该多有味呀。"

"不过，不会太寂寞吗？那么凄凉的地方。总不能成天睡觉呀。"阿米接着说道。

"吃不到什么营养物品，对身体毕竟不大好吧。"小六又说道。

宗助当晚上床后，心里在盘算：明天一定得去坂井处，要不露声色地探听探听安井的消息，要是安井仍在东京且同坂井过从甚密，那么就得搬家，远离这儿。

第二天，阳光一如往日地洒在宗助的身上，然后平平安安地西落。

夜幕降临后，宗助漫不经心地说了声"我到坂井先生处去一下"。走出了家门。宗助顺着不见月光的坡路向上走，当他嚓嚓地踩着煤气灯映照下的沙砾地而打开坂井家的便门时，心里已经镇定不少。觉得今晚不大可能在这儿同安井邂逅的，然而宗助还是没有忘记先踅至厨房门口，探听一下有没有来客。

"欢迎，请进。气候还是老样子，冷丝丝的呢。"房主这么说道。宗助见他依然精爽不衰，面前围着一群孩子，这时正同其中的一个孩子在划拳，嘴里还吆喝着。对手是一个女孩子，大概有六岁的样子，头上系着红色的丝带，盘成蝴蝶的形状，她摆出要击败对方的架势，紧握小手向主人划出拳来。她的毅然决然的样子以及攥紧的小拳头，同主人那硕大的拳头形成了鲜明的对照，把大家都惹得笑起来。

坐在火盆旁观战的女主人高兴得露出了洁白整齐的齿列，说道："哟，这一次一定是雪子赢了。"孩子的膝旁放着很多小玻璃球，有白的，有红的，有蓝的。

"终究是输给雪子了。"房主这么说着，欠起身子朝宗助说道，"还是进我那个洞穴去坐坐怎么样？"随即站起来。

书房的楹柱上照例挂着那柄裹有锦套的蒙古刀。花瓶里插着不知从哪儿弄来的黄色菜花。

宗助注视着楹柱上绚丽多彩的锦套，说道："悉如原样挂着嘛。"头脑里在窥察房主的反应。

"是啊，这蒙古刀委实有些儿不寻常呀。"房主答道，"不过我那个混账兄弟是存心拿了它来笼络我的，真叫我不知如何是好了。"

"令弟后来怎么样了？"宗助摆出漫不经心的样子。

"嗯，在四五天之前吧，总算回去了。他完全成了蒙古式的人了嘛。我对他说：'像你这样的夷狄，在东京是不协调的，还是早点儿回去吧。'他听后表示'我也有此同感'，就回去了。他嘛，无疑已成了万里长城彼侧的人啦，应该去戈壁沙漠中淘采金刚石才对。"

"他的那个同来的朋友呢？"

"安井吗？当然是一起走了。哦，这个人好像很孟浪。据说他本来是京都大学的。真不知他怎么会变成如此！"

宗助觉得汗从腋下渗了出来。他完全没有心思询问"安井变得如何以及怎么孟浪"，只感到不曾向房主披露过自己是在安井求学的那所大学里上学一事，真叫人谢天谢地了。然而，房主本来已提出，要在约请兄弟和安井吃晚饭的时候，介绍宗助同他们相见，唯因宗助辞谢，总算逃脱了当场丢丑，但在那天晚饭时，说不定房主会因某种契机向他们谈及宗助的名字。宗助想到这些，深感一个于心有愧的人生活在社会上，非得改名换姓不可。宗助极想当面询问房主："莫非你在安井面前提到了我的名字？"然而，宗助实在难以启齿。

女仆端来一只扁平的大果盘，盘里放着很特别的点心。这是在一块大小如豆腐的水晶糖糕中，镂出两尾栩栩如生的金鱼，然后一点儿不走样地移放到盘子里来。宗助一见这点心，就觉得很不寻常，但他的思想还是跑到别的事情上去了。

"尝一块怎么样？"房主像往常一样，先动手了，"这是我昨天应邀参加某人的银婚纪念时带回来的，可以说是不胜吉利的东西。你也来尝尝，可以沾点儿仙气。"

房主在希望吉祥如意的名义下，切下几块甜美的水晶糖糕，津津有味地咀嚼一番。他真是个又健壮又了不起的人：饮酒、品茶、吃饭和吃点心的胃口都极好。

"嗯，不瞒你说，我们夫妇在一起生活了二三十年，额上已经皱纹累累，虽说至今没有什么特别值得庆贺的——不过，这当然也是相对而言。我有一次走过清水谷公园前，真是令人吓一跳……"房主的话题转到别具玄妙的地方去了。他就这样谈东说西地使对方对交谈始终饶有兴趣。这也是惯于交际的房主一贯持有的格调。

坂井说，在那条由清水谷流向辨庆桥的小水沟里，每年早春时节就繁衍出数不清的青蛙，这些青蛙挤在一起，鸣声交加，在渐渐的成熟中，成百对成千对的青蛙在水沟中结成夫妇，当这些生活在爱情里的青蛙以布满沟壑的气势，相亲相爱地由清水谷源源不绝地往辨庆桥浮游时，过路的小孩和闲人会抛掷石块，凶狠地击杀这些青蛙夫妇，为此而死于非命的青蛙真是多得数不胜数。

"真叫积尸累累啊。这些青蛙不都是相亲相爱的夫妇吗，的确太凄惨了！总而言之，在那儿走两三百米的话，我们就会看到许多这样的悲惨景象。想及这一点，应该说我们都是非常幸福的哪！因为无须为结成夫妇后招致飞石击脑袋而惶恐不安。而且，我同妻子平安无事地度过了二三十年之久，这该是多么可庆可贺的事啊。所以你也有必要尝一尝，祝愿你能有此幸运。"房主说着，特地用筷子夹了块水晶糖糕，递到宗助面前。宗助苦笑笑，领受了。

房主没完没了地谈着这种带有诙谐味的话题，宗助只好跟着这些话题转，不过，心里实在没有主人那种高谈阔论的雅性。宗助告辞后走出来，眼望着这又是不见月亮的天空时，觉得黑森森的夜色下，自有一种莫可名状的悲哀和凄怆。

宗助本是怀有能幸免难堪的预料去坂井家的。为了达到这个目的，宗助把羞辱和不愉快埋在心里，面对充满了真诚坦率之情的房主，尽量唯唯诺诺地顺着情势说话，然而想获知的事情都没有能获悉。至于自己的难言之隐，宗助没有勇气去向房主披露，当然也没有这个必要。

由宗助头上掠过的阴云，总算没有触及宗助的脑袋而飞过去了。但是宗助预感到什么地方存在着一种与之相似的不安，它一定会以不同的程度、屡屡地反复出现。令这种不安反复出现的是上苍，如何逃避它却是宗助的事了。

二十三

　　日居月诸，寒气渐消。据说，那随着机关干部加薪而发生的机关裁员事件，要在月底以前基本办理完。在这期间，宗助不时听到一些被裁者的名字，其中有认识的，也有不认识的。

　　他回到家中，总是对阿米这么说："接下来也许要轮到我的头上来了。"阿米是半真半假地姑妄听之，有时也认为这是宗助在故意占卜未来的不祥之词，而口中作此不祥之词的宗助呢，心中也同阿米一样蠢蠢然。

　　过了月底，机关里的波动告一段落时，宗助回顾了一下自己得以幸存的命运，既觉得这是必然的趋势，又觉得这是偶然的现象。

　　他站在那儿，用打量着阿米的眼神，颇感委屈地说道："哦，总算逢凶化吉了。"他那悲喜交集的样子，使阿米感到无由的好笑。

　　两三天之后，宗助的月薪增加了五元。

　　"没有按原则增加两成半，也只好算了。好多人遭到了被裁的厄运，还有好多人一个钱也没加呢。"宗助对这五元钱的加薪，显出了满足的神色，仿佛是获得了非分的利益。当然，也看不出阿米的心里有任何不满的理由。

　　第二天的晚上，宗助看到自己的饭盘里有一盆带有鱼头而鱼尾甩在盆外的鱼，还闻到了渗透着豆泥色的赤豆饭的香味。阿米特意命阿清去邀小六回来——小六已住到坂井家去了。

"哟，是请我吃饭呀。"小六说着，由厨房的入口走进来。

跳入眼帘而来的梅花多呈稀落貌。花开得早些的，这时已飘落失色。雨像轻烟似的下了起来。雨过天晴，在阳光的蒸晒下，地面和屋顶都自然而然地升腾起足以唤起春天又到来的袅袅湿气。有时候，天气晴朗得会令人悠然地想起这样的景象：后门口晾晒着雨伞，小狗在伞下嬉戏；蛇沐浴在火焰般的游丝中，眼睛闪烁发亮。

"冬天总算过去了呢。我说，你这个星期六到佐伯婶母家去一次，把小六弟的事谈谈妥吧。老是这么搁着，安弟又要忘掉了。"阿米催促着宗助。

"对，我一定得去一次。"宗助答道。

小六是承坂井的好意，招去当书童的。而宗助曾主动对小六说过"愿意同安之助分担小六那部分尚不足的费用"。小六没等哥哥去跟安之助商谈，已迫不及待地径自去找安之助谈过，结果是，只要宗助在形式上主动去要求安之助一下，安之助就会立即同意的。

小康的日子就这么落到了这对与世无争的夫妇身上来了。某星期天的中午时分，宗助为了洗濯在身上积了四天的汗污，去小街上一家久久未去的澡堂洗澡。他看到一个五十岁左右、剃着光头的人在同一个三十来岁、像是商人的人互致寒暄，说着什么"总算又像是春天了"。年轻的那一个说："今天早上总算听到了第一声莺啼。"和尚头则回答道："我在两三天前已听到过莺啼。"

"刚刚会啼，所以声音不美。"

"是啊，莺舌尖儿还不够灵活。"

宗助回家后，把这有关莺啼的交谈复述给阿米听。

阿米透过映照在拉门玻璃上的明媚的日影望出去，眉开眼笑地说道:"哦,谢天谢地,春天总算来临了。"

宗助走到廊庑上,一边剪着已经长了的指甲,一边搭腔道:"是啊。不过,冬天转眼又要来的啊。"他顾自垂着眼睛剪指甲。

译后记：春风风人，夏雨雨人

在日本，提到作家夏目漱石，可说无人不知。最常用的一千日元纸币正面曾以夏目漱石的肖像为图案。至于夏目漱石的作品，从袖珍型的文库本到各种开本的文集、全集，始终是书店常备的热门书。而且，儿童读物、青少年读物、知识教养丛书、中老年爱读书目以及各种文学名著书目里，都少不了夏目漱石的作品。

夏目漱石在世四十九年，正是日本明治维新后的四十九年。近代日本确立时期日本社会中发生的种种社会现象、社会事件乃至明治文明的形式及表现，都在夏目漱石的作品里有所反映和论述。

夏目漱石的出现，使日本近代文学面目一新。在自然主义文学主导文坛、浪漫主义文学席卷文坛的时候，漱石文学独树一帜，摆脱劝善惩恶式的教训主义故事格局，对人间社会洞察细微，连用"讲谈""落语"中的传统手法和写生文的技法，针砭日本文明社会的弊端，揭露金钱支配社会的丑恶现象，反映人们内心深处的孤独，可谓"嬉笑怒骂，皆成文章"。漱石作品的受众广泛，知识分子尤其青睐，置身其间，倍感亲切。

夏目漱石亦是一位德高望重的文坛领袖，其住所的书斋漱石山房，不啻是当时文人的殿堂。有才能的文学青年和作家，多在漱石的奖掖、熏陶下，在文坛有所名气，作品脍炙人口的芥川龙之介就是其中之一。从夏目漱石致芥川龙之介与久米正雄的一则普通的复信中，足可窥见夏目漱石诲人不倦的形象。对这两名当时尚未为人所知的青年，夏目漱石谆谆告诫，一丝不苟。夏目漱石大概从这两名才情横溢的青年身上感到了一种消极的情绪，遂殷切直言：宜超然于世间文士之评，如牛之强稳有力，迈步向前。他旨在指出，勿为文坛之区区评价而喜而忧，勿介意世间文士，要努力于己之所见、己之所尚，则佳作必为世间所承认。

其实，此乃夏目漱石一贯之思想。对人也好，对社会也好，夏目漱石极为注重其内在的因素，批评明治的日本社会不过是在模仿西欧的外表形态，绝非内在真髓的变革。所以，当日本因在日俄战争中获得胜利而沉浸于自视世界一流强国的兴奋中时，夏目漱石在《三四郎》里借广田先生之口，喊出了"日本要亡国"这一担忧。

有人分析，也许是因为日本尚未真正成为内发的国家吧，所以夏目漱石的作品至今在日本盛销不衰。不管如何，夏目漱石始终是日本超越时代的热门作家，一百年来，在日本社会举足轻重，今后仍会不同凡响。

夏目漱石生于一八六七年二月九日，旧历是日为庚申。民间流传，生于庚申之日者，名中须带有"金"字，否则成人后多当大盗。于是父母为他取名为"金之助"。翌年，江户幕府倒台，日本改年号为"明治"，步入近代化新阶段，史称"明治维新"。如若按照日本人多用实足年数计算年龄的习惯，则漱石与"明治"同龄。

夏目家曾是世袭的行政官僚。夏目漱石在东京新宿区诞生时，家道已经中落，其父只是该区属下的一名小官吏，其母是续弦。夏目漱石是众多子女中的幼子，出生后未受重视，不久就被送入旧货商盐原家当养子了。婴儿时期的漱石常坐在箩筐里，同那些旧货旧物一起陈置于地摊。五年后，漱石被送回夏目家。复籍生家时，漱石已二十一岁。当时夏目家的长子、次子相继因肺病而死。看来，自小不运的经历，使漱石对"人间爱"敏感不凡，以至后来的漱石文学在表现"人间爱"方面亦丰富多姿。

一八八一年，夏目漱石十四岁，他离开东京府立一中，转入二松学舍求学，打下了汉学的基础。汉文的素养使漱石文学别具一格，使他驰骋文坛得心应手。比如"浪漫"的汉字译词，就出于漱石之手而被沿用至今。当时，"浪漫主义"这一受西欧影响而风行日本的时髦流派，本是由森鸥外译作"传奇主义"的。

其时，夏目漱石为生计考虑，起先是想学建筑的。后来听从朋友米山的建议，感到选建筑专业是出于一己之得失，有志者当以天下为己任而改选文学。

一八九三年，夏目漱石从当时的东京帝国大学英文专业毕业，因爱吟咏汉诗，兼受中学时代的好友正冈子规的影响，便致力于俳句的创作。这对后来的漱石文学摆脱俗气、俗臭，显示出脱俗的风格，有着举足轻重的作用。"漱石"这个笔名典出中国南北朝时期的名著《世说新语·排调》，含有固执异癖之意，由此亦可窥见夏目漱石之情趣所在。

此时，夏目漱石有志于英文和英国文学的教学及研究工作，在旧制高等学校执教鞭，讲授英文，根本没有写小说的打算。

一九〇〇年，夏目漱石作为日本文部省第一批公费留学生，赴伦敦研究英文，颇感得偿所愿。但是，赴英伊始，伦敦生活费之高昂使他拮据不安，经常嚼饼干充饥，闷闭于宿舍攻读英国文学著作。不久，他似有所悟，对这种研究产生狐疑，开始探索文学之真髓。为了这个新的大课题，夏目漱石节衣缩食，购买参考书籍，潜心研究，以至疏忽了向文部省的汇报，受到重责。

发愤研究之后，夏目漱石写出了《文学论》。与此同时，留学经费不足，生活拮据，加上可怕的孤独感，使他的神经衰弱症日益严重。在留学期结束限临近之时，文部省闻说夏目漱石有病态发作之虞，遂发电，命另一名旅欧留学生护送精神异常的夏目漱石提前回国。

一九〇三年，夏目漱石回国，作为小泉八云的继任者，在第一高等学校任教，并在东京大学讲授英国文学、文学论以及文学评论。但是，两年有余的极不愉快的留学生活和痛苦体验，使他对研究英国文学日益感到不安。加上精神状况每况愈下，夏目漱石遂在朋友的怂恿下，走上了创作之路。换言之，夏目漱石年近四十才开始写小说，这在小说家中是颇为罕见的。但是，正因为如此，夏目漱石的小说往往蕴含着圆熟深邃的人生哲理。第一部小说《我是猫》是借猫之眼来洞察人类社会，痛快淋漓地讥刺并鞭笞社会的功利、卑俗、傲慢、野蛮，展现了明治时代知识分子的良心，使人感受到人生和人性深处的真相。

夏目漱石是日本较早接触西洋文化和西洋文明的知识分子，亦较早洞察到日本的西洋文明化有重大弊端。

一九〇七年，夏目漱石不堪教师生涯的身心折磨，应朝日新闻社予以大学教授同等待遇之聘，进入朝日新闻社，成为报社专职作家，一年须发表十二篇作品。嗣后，夏目漱石在《朝日新闻》上接连发表连载小说。入社后的第一部长篇连载小说是《虞美人草》，接着是"爱情三部曲"——《三四郎》《后来的事》《门》。

夏目漱石在不失为优秀的青春小说《三四郎》里，描绘了纯朴无邪的青年三四郎与明治新女性美祢子之间不存在爱情的爱情模式。

而《后来的事》则旨在表明,爱的价值源泉当存在于"自然天成"之中,不在于神,亦不在于近代西欧的个人主义。换言之,爱的源泉是日本人心灵深处的自然天成。《门》描绘了自然天成左右人生的幸与不幸。至此,在爱情问题上承上启下的"三部曲"谱完终章。但弦外余音,不一而止。譬如:人们在内省之下,决心不顾社会制裁也要归依自然之昔我,其结果,会不会是陷入以更深的内省再度否定目前之自我的境地呢?

兼有东西文化修养的夏目漱石,在"爱情三部曲"里描绘了受西欧影响的"恋爱",这种"爱"既不同于日本旧有的上对下之"恩爱",也不同于男女之间的"性爱",这使当时的读者饶有兴味。与此同时,漱石又融入东洋文化的特点,强调"爱"受"自然"所涵,爱的形式须以自然为源泉,读来隽永可亲。

《门》完成后,夏目漱石到伊豆的修善寺静养,一度严重吐血,生命危笃。起死回生后,心境有颇大的变化。在此期间,漱石坚决辞退"文学博士"的称号,令世人惊叹。

嗣后的三年里,夏目漱石以缀短篇为长篇的形式,发表了《春分之后》;描绘身心疲惫与文学生涯的长篇小说《行人》;描述三角恋爱中日本文学理念观的长篇小说《心》;自传体性质的长篇小说《路边草》。

一九一六年,夏目漱石在上一年连载完《路边草》后,接着连载小说《明暗》,但未及完成而病逝,终年四十九岁。

夏目漱石还撰有众多"意余于言"的随笔。就其文章来说,乃是日本语的范文。在中国,文学本源于经史一类的正统文章,有"言无文,行不远"之说。日本自古以来受中国的影响,亦以随笔、日记文学为正统,体现文人的品学和地位。

夏目漱石在去世前一年写下的杂感性质的小品集《玻璃门内》,

多为生与死的思索。漱石认为"死"是至高的境界，同时慨叹人无法摆脱"生"的本能和执着。

夏目漱石本擅长刻画人心深处的葛藤，小说很少直接道及其个人的生活和思想。但随笔一卸小说藩篱，剖析内在的自我，诙谐、困惑、敦厚、淳朴、真实，乃是窥探漱石内心世界和复杂人生观的重要途径。

吴树文记于上海

三个圈

经典就读三个圈　导读解读样样全

三个圈
独家文学手册

导　读

夏目漱石的中期三部曲之一
——《门》

作者：片冈良一（1897—1957）
（日本著名文学评论家，日本现代文学批评理论的奠基者之一，代表作有《井原西鹤》《现代文学诸相概观》等。）

《门》于明治四十三年（1910年）3月1日至6月12日在《朝日新闻》上连载。是夏目漱石继《三四郎》《后来的事》之后创作的小说，与前两部共同构成三部曲。

　　正因如此，这部作品涉及的题材自然会受到限制。作者曾在《后来的事》的新书预告中这样写道："这本书的主人公在最后陷入了奇妙的命运之中。但书中并未提及他以后会发生什么事，从这个意义上来说，这亦是后来的事。"因此，在《后来的事》中还未写到的"后来的事"，便不得不在这部作品中道出了。正因如此，本书中的主人公才会因为做了"对不起别人的事"而在社会的小角落里过着隐姓埋名的生活。

　　不仅如此，这部作品的标题并不是由作者自己所取的。当时在《朝日新闻》的文艺栏目工作的森田草平[1]负责新书预告文案及书名的选定。他和小宫丰隆[2]协商之后，两人共同决定将"门"这一字作为这

---

[1] 森田草平（1881—1949），日本小说家、翻译家。是夏目漱石的弟子，与阿部次郎、安倍能成、小宫丰隆并称夏目漱石门下"四天王"。1908年曾于栃木县盐原自杀，未遂。这一事件在文坛轰动一时，被称为"盐原事件"。1909年，他在夏目漱石的推荐下，将这一事件写为小说，即他的代表作《煤烟》。——编者注

[2] 小宫丰隆（1884—1966），日本著名文学评论家。是夏目漱石的弟子，与阿部次郎、安倍能成、森田草平并称夏目漱石门下"四天王"。同时也是岩波书店版《夏目漱石全集》的主编。——编者注

部作品的标题。紧接着，正如森田草平所说，"门"这个标题无疑是具有象征性的，但同时也在某种程度上限制了这部作品的整体构思。正如在写《后来的事》之前，夏目漱石便已经预示了该主人公"最后陷入了奇妙的命运之中"的结局，因此，我认为至少在决定用这个标题时，他对《门》的写作计划已经有了大致的轮廓吧。虽然作品在大致情节设定上是合情合理的，但从故事的内在逻辑的必要性来说却有些缺乏。

总之，由于受到《后来的事》的限制，作者将《门》中主人公夫妇的生活描写成这样：因犯下的过错，他们被光明的社会排挤在外，从此生活变得黑暗与凄凉。然而，书中并未详细描述他们犯下过错，受到指责，不得不远离社会的过程。甚至因其罪过而导致的伤口，也会在岁月的作用下变得几乎愈合。所以，主人公在偶尔上街时，也会"只要兜里还有点儿多余的钱，就会考虑要不要挥霍一番"。而他之所以不那么做，绝不是因为害怕，只是因为心里想着"这样做太愚蠢了"，从而失去了积极的行动力罢了。即使因为受到《后来的事》的限制，书中插入了诸如"我们难道没有权利期待那样的好事吗？"这样的话语，并且用令人不快的言语来讲述主人公命中无子的因果关系，但文中并没有刻画出一对因罪恶感而十分痛苦的夫妇形象。

书中把在"自然的报复"中，"虽作着斗争但也脆弱"的他们，描写成"在被鞭笞中赴死的人"。安井这一角色出场后，作者这样写道："他俩都隐约地感觉到，在自己心底的某一部分中潜有着见不得人的结核性的恐怖物。"[1] 由此看来，在作者的认知中，爱和罪显然是不可分割的东西。但我认为作者还没有将这一点视作不得不潜心钻研的问题。在描写无所出的妻子的痛苦时，作者只是用了一句"对不住

---

[1] 见本书第145页。——编者注

你"这样轻描淡写的句子。所以，我们能感受到的是小说里的夫妇在以被世间抛弃为代价的爱情中紧紧相拥时的静谧与温情，而不是两人曾背负的痛苦。因此，在读者的印象中，他们的生活虽然渺小凄凉，但同时也是幸福的。

如果他们是一对没有特殊过去的夫妻——例如《后来的事》中所描写的平冈夫妇那样——可以预见他们未来的生活将是平静的，不会有什么特殊的痛苦。他们的问题主要在于和社会之间的关系，而他们的内心却是相对平静的——至少文中没有深入地探讨过他们的内心。在没有苦恼的幸福生活中，从外部而来有一些威胁着这种幸福的阴影还能说得过去。但由此导致主人公冷不防地去禅寺参禅，不管怎么说都有点儿太过跳跃了。这样的情节没有内在的逻辑——换句话说，就是没有现实感。这背后的原因也许就像小宫丰隆所写的那样，是作者由于身体方面的因素而急于结束这部作品。但即便如此，作者至少得在这个过程中，让主人公反省爱的可怕之处。如果可以通过这样的反省，将引起小宫丰隆疑惑的事情——宗助离开妻子，独自跨入寺院大门一事进行合理化的话，恐怕这一不连贯就能得到合理的弥补了吧。

但是，这难道仅仅是因为健康问题吗？答案多半是否定的。为了使这一情节成为必然，作者很早就埋下了伏笔。从主人公对"风吹碧落浮云尽，月上东山玉一团"这句诗所描绘的意境的憧憬中，就可以断定这一点。主人公的心境，在这句诗中展露无遗。简单来说，他只是想要驱除内心的烦闷和抑郁，逃到所谓的畅快心境中去吧。他没有对内在进行进一步探索，而只不过是想把焦躁、心烦意乱等一系列的情绪抛在脑后。主人公就像是想把抛弃了自己的社会反过来抛弃掉一样，对所有事情失去了兴致，安于和妻子两个人的安静的生活。因此，在主人公如此的境遇中，对"风吹碧落浮云尽，月上东山玉一团"的憧憬显得十分不和谐，像被硬加进来的桥段，除了埋下伏笔之外毫无用处。多少能让这种憧憬显得合理的是主人公的操劳：宗助每天疲于从早到晚的工作；想着至少在星期天洗个晨浴，但每当到了那一天就又变得懒得动弹；在上班途中连看电车里贴着的广告的空闲都没有；对弟弟或亲戚的关心；等等。文中还有多处，都足以表明这部作品的作者夏目漱石只是模糊地描写出了现有的问题，未曾明确地试图探索主人公的内心世界。在文中描述的主人公平静的心境中，恐怕很难探讨出这些现实下隐藏的、更可怕的问题，比如对爱本身的怀疑以及对人类存在的恐惧等。

正因为如此，文中的参禅在宗助看来并不是一种反省自己的罪孽的苦修，而是非常舒适、放松的。主人公去参禅时，师父问："父母未生你之前的本来面目是什么？"然而主人公却慨叹这个问题与自己目前所面临的问题相差甚远。如果他正思考着人类的原罪等根源性的问题的话，那么他至少会由这句话联想自身，而不是叹息这样的哲学思考和他所面临的生活问题毫无关系。在禅修结束后却没有任何直接收获时，主人公终于顿悟到，自己除了在门下无助地伫立之外，什么也做不了。而作品结尾处的冬去春来则暗示了一种轮回观，仿佛在说，在不知不觉中经受着世间种种磨炼，即是人生的写照。

众所周知，参禅这部分的内容来源于作者的直接经验[1]。同时，"风吹碧落"这句诗所描写的意境，也是作者一直向往的。不过，在作者的心境中，还包含着《门》的主人公所没有的与周围世界之间鲜明的对立——一种称得上是半疯狂的泡影[2]。虽然作者将这种经验与实际感受都写入了《门》这部小说中，但删除了那些如泡影般的事物。

---

1 夏目漱石曾于1893年6月和1894年末在圆觉寺进行过为期一个月左右的参禅，这段经历对他的思想有很大影响。——编者注
2 夏目漱石患有严重的神经衰弱，导致他性格中有极为暴躁的一面，因此经常与妻子发生争吵，甚至曾经对家人施以暴力。——编者注

然后，取而代之的是一种罪恶感——夺走了别人的妻子的罪过。作为《后来的事》的后作，这一点是本作品的必要条件之一。同时为了使这个条件充分发挥作用，书中的主人公被塑造成了一个被磨平了棱角、颓废、消沉的人。有部分人推测，之所以这两部作品中会有这些关于罪恶感的设定，是因为夏目漱石本人在现实中犯下了严重的罪过[1]。但事实并非如此，倒不如说对人情以及炽热的真爱的尊崇之意才是作者内心更为坚定的东西。《后来的事》中代助与三千代的爱情，以及三千代勇敢接受爱情的方式等，都明确地表示了这一点。因此，作者一方面设定主人公"犯下罪孽"，并因此备受社会的排挤；但另一方面，付出如此多代价的主人公夫妇却是幸福的——他们两人只要有对方在身边就是幸福的。除此之外，不管是"风吹碧落"的世界也好，宗教的解脱也罢，都是毫无必要的。

然而，他们的意识却犯了罪，因此他们不得不在某个地方寻求救赎。这一矛盾使得文中必然出现一些跳跃性的、不自然的剧情，以及没有太多实际用处的伏笔。作品中没有表现出与这种罪恶感有关的真情实感和切身经验，以及罪恶感背后的犹豫、焦虑、情绪波动等，是因为作者的内心其实并没有真实地感受到罪恶感的存在。因此作品在感情表现的丰富程度和精神内核的感染力上不可避免地受到了一定程度的影响。也就是说，由于夏目漱石并不能对通奸以及随之而来的负罪感产生共鸣，《门》的设定于他而言只不过是一个空虚的设定，并不存在任何切身体会。

在夏目漱石的作品中这一类的"罪恶感"由来已久。他早期的《人生》等文章中，就描述了由无意识行为产生的"疯狂"，以及因

---

[1] 有人认为夏目漱石曾暗恋他早逝的嫂子，此处有可能暗指他对嫂子的恋情。——编者注

这种疯狂而犯下的"罪过"。而在《我是猫》《虞美人草》等作品中，也有类似的与内心相关的东西。不仅如此，在《梦十夜》中，他还凭直觉捕捉到了这个世界的"气味"——充满了我执与罪的恐怖。只不过，这还只是一种依靠敏锐的直觉触发的东西，而当作者试图通过《三四郎》《后来的事》逐渐确立现实主义倾向，将其发展成一种成体系的观念时，《门》这部作品的设定也就随之诞生了吧。

想来，那时的作者对于与周围的世界格格不入的自己，应是郁闷至极的。年轻的时候，他会感到焦虑、愤怒，尝试进行斗争。但当焦虑、斗争都无济于事时，他便对"风吹碧落浮云尽"一句中所描绘的无忧无虑的世界心生向往。随着他进一步接触现实主义，他看到了无数的黑暗与扭曲，同时也感到：问题绝不仅仅出在外部的现实世界。他开始意识到，不仅是外部的世界有问题，他自身内部也有问题——即使不能将这些问题称为"罪"。据对这一点调查极为周全的小宫丰隆说，在写《门》这部小说时，夏目漱石再次经历了内心风暴，感受到了与创作《我是猫》时相似的郁闷和苦恼。夏目漱石的内心充斥着复杂的情绪——他既对周围充满了愤恨的情绪，但一想到自己内心的软弱和缺陷，他又无法保持理直气壮的愤怒。

夏目漱石有着十分尖锐的自我反省意识。这种反省常常令夏目漱石陷入焦虑的抑郁之中。在这种抑郁的深处，他再次触碰一直以来对我执及无意识犯罪的恐惧。于是，他有些草率地将这种感觉与代助所犯下的"通奸之罪"结合起来。这就使得我们不禁对作为《后来的事》的后续而出现的《门》中的情景感到似曾相识。所以，在《门》这部作品中，不管是主人公还是他的妻子，每个人物形象中都有与罪恶感作斗争的一面。那绝不是单纯凭空想象出来的或是借鉴别人的东西。

但是，现在还有一个问题需要思考，即作者表现这种罪恶感的方式是否妥当。我认为，这个答案是否定的。

　　首先，作者把人物内心的焦虑和无法战胜这种焦虑的软弱思想，归咎于人物内心的罪恶和疯狂，并期望在宗教思想中获得救赎。这本身就已经犯下了巨大的错误。在《后来的事》和《门》的剧情中，代助和宗助都夺走了别人的妻子，这显然是一种罪过。但如果我们认同恋爱自由的话，他们只是爱上了别人的妻子，并不能直接将这件事定义为犯罪。特别是在《门》中，阿米是作为妹妹被朋友介绍给宗助的，而并非是以别人的妻子的身份。所以宗助不知道阿米是别人的妻子，但是代助那边则很难说他是弄错了。代助被父亲和兄长抛弃，被社会普遍排斥，陷入了与宗助相同的处境。这两个不同情况的人，却遭遇了相同的命运。这不就表明与其说罪在他们，倒不如说罪在他们所处的社会。况且，他们本来就没有严重的罪过，只是单纯地想要活出真实的自我，然而社会却将他们排斥在外，从而使他们被迫过着如同"背阴者"般的生活。那么不言而喻，主要问题应该出在当时的社会环境。

　　实际上，这正是自二叶亭四迷以来的日本近代自然主义文学家们所痛切地体会到的悲剧。其明确的证据是，从《浮云》的主人公内海文三开始，文学作品中常常出现所谓"多余者"的悲剧。他们被这种悲剧压垮，人生中只有一些微不足道的喜悦，比如买到一只形状滑稽的气球……除此之外，只能无言地忍受着疲惫不堪的生活。这样的形象在自然主义作家的作品中被描写得淋漓尽致。正如我们所看到的那样，宗助夫妇并没有特别的罪恶感，只是在远离繁华社会的一隅中默默无闻地过着穷困潦倒的日子。《后来的事》中平冈面临中产阶级知识分子生活中的种种困境，他带着生病的妻子好不容易才在困苦的租房生活中安定下来。平冈夫妇的生活状况如果进一步恶化，恐怕就会变成宗助夫妻那样。另外，这本书中也包含着夏目漱石的真实感受，这一点应该也不难理解。因为他自己正是感到难以融入周遭社会，内心充满了矛盾，因此在远离人群的深林独屋中，享受着既寂寞又不受烦扰的幸福生活的一个人。

那么，在此我们思考问题的根源时，就必须考虑到导致其必然发生的社会条件。小说中并没有试图找出这些问题，而是倾向于探索主人公内心中的罪恶和黑暗。与其说这是逻辑上的跳跃，倒不如说是一种错误。因为这种做法会把阻碍人类精神独立和生活自主的外在社会条件的矛盾，转移到主体的内部。夏目漱石认为，面对这些社会问题，个人无论是焦虑还是愤怒都无济于事，这无疑是一种敏锐而正确的判断。但是，把这种无力的焦虑和愤怒的深层原因归结于罪恶感，本身就是一个巨大的误解。这部作品的前半部分与后半部分似乎是跨越了这样的错误而拼凑在一起的，所以无论怎样去调和，读者最终都会不由得感到作品内在的不连贯。

其次，夏目漱石从早期开始便认识到的罪恶感和疯狂的恐惧是人类的一种我执，而这些感情会在无意识中轻易地伤害到他人。情不自禁地爱上一个已婚女性，也在一定程度上是一种我执的表现。但如果说这份爱情仅仅是一种罪恶，一种疯狂，似乎也过于牵强。另外，如同前文提到的，通奸这种情感经历夏目漱石其实是不甚理解的。但是他并没有更加深入地研究这个令人恐惧的问题，没有写明这段感情中两个人的心理究竟是怎样的，而是选择用一种令人毛骨悚然的、传统且带有神秘主义的烟幕弹来掩饰，如命中无子的因果、算命等。所以，正如我们所看到的那样，文中关键的参禅之地缺乏合理的意义，也是无可厚非的结果。可以说，夏目漱石在处理修禅的问题上犯下了双重错误。这就是为什么，尽管一方面，《门》这部作品中所体现的现实主义是透彻且深刻的，但另一方面，其内涵仍旧是浑浊、模糊。三四郎因种种原因没能活出真实的自我；代助原本失去了对生活的积极热情，但面对三千代的不幸，他却重新树立起了自我意识，决定要坚定地活下去；其后的宗助夫妇被社会排斥在外，被迫过着贫困、寂寥的生活。这三本书的情节发展、感情色彩都是真实的、一贯的。但夏目漱石在《门》中却话锋一转，提出他们的痛苦都是因为他们罪孽深重，因此，会让人感到不合逻辑，我想不难理解。

这样看来，夏目漱石自《三四郎》开始的这三部曲中，都贯彻了现实主义的思想。他的这些作品触及了当时自然主义作家曾遇到的、那个时代最为典型的问题。特别是在《后来的事》中，倒不如说他甚至比多数自然主义作家更加敏锐地揭示了当时社会的现状。但和其他自然主义作家一样，夏目漱石也未能准确地把握这些问题的深层意义。因此，这些作品反而表现出了另一种倾向——在稍有偏差的方向上寻找问题的原因。《门》之所以被看作是那个时代将写实主义贯彻到底的作品之一，正是因为它用了一种极其黑暗的视角，去捕捉被逼入社会角落的那些人的形象，从而让人觉得就连他们的幸福和喜悦都充满了凄凉与悲惨。但这明明是那个时代普遍存在的情景，夏目漱石却把它与拥有特殊过去的人们的罪过联系在一起，这样的解释反倒破坏了作品的澄澈。

虽然这是这部作品中令人惋惜的缺陷，但是在《门》中，夏目漱石的视角开始转向人（自我）的内在。也就是说，夏目漱石的现实主义文学从这本书开始走向了真正意义上的成熟——这是这本书的另一重意义。在讨论自我如何受到禁锢的浪漫主义文学陷入停滞之后，新现实主义进一步发展，将文学演变为探讨人类自我意识应该如何存在的实验所。这些文学作品一方面探究着禁锢人类的自我意识，导致其发展陷入停滞的客观条件；另一方面也寻找着人类内在的问题。直到这时，日本的现实主义文学才开始成为一个完善的文学流派。这一点如今也无须赘言了。《后来的事》中所体现的"低徊趣味"的心理描写，虽然在《门》这部作品中还残留些许，但《门》中也开始流露出作者审视自我的意图。由此，我们可以清楚地看到，夏目漱石开始明确地有了自我反省的欲望。如此想来，绝不应该消极地看待《门》中关于罪恶感的探索。

　　然而，还有一点必须注意的是：对人类内在的反思绝不能与对支配着人的外部客观条件的分析分割开来。既然人类的内在不是脱离社会环境存在的，那么这一点也是不言而喻的了。只有清楚地了解这一点，并且能够将内外正确融合在一起，现实主义文学才是完整的——当时正在转变的社会形势对文学提出了这样的要求。而自然主义文学之所以能够风靡一时，也是因为顺应了这种形势。然而，从上述内容可以明显看出，同自然主义文学无法正确回应那个时代的要求一样，夏目漱石也无法十分准确地解决这个课题。对在《后来的事》中密切关注着客观条件与主人公心理之间的关系的夏目漱石来说，这是一个合适的课题。但是，夏目漱石在《门》中对人的内在的探索却是与外部条件毫无关系的，他没有分析产生这样的心理活动的外部条件。二叶亭四迷在明治二十年（1887年）提出了与以往不同的新现实主义方法，并发表了《浮云》这样优秀的作品。他认为文学是专为探讨时代思潮和社会问题而存在的，但他并没有意识到严格检验自我也是近代文学的一大重要发展方向，所以他最终并没有十分成熟的作品。虽然与他探究的主题相反，但是同样的，夏目漱石对现实主义的探索也是十分片面的。因此，《后来的事》中试图发展客观主义探索的意图也开始逐渐减弱。从这个意义上来说，人们普遍把《门》中的现实主义视为夏目漱石对自然主义的屈服，是一种后退。

　　但是，本书中所明确讨论的这种罪恶感，决定了夏目漱石之后的作家之路的方向。这部作品的重要性就在于它标志着夏目漱石职业生涯的最后一次转折。即使这种转变是不充分的。大部分的自然主义作家只是旁观着人们和自己一样被生活逼入绝境，却无法看破这种困境的来源，还自以为透彻地认清了生活的本质就是这样的。因此，他们的文学不再是一种抗议，而成了一种近乎懒散的、对生活的记录。而夏目漱石仍旧对这种困境抱着深深的疑惑，并不断深入探索，所以《彼岸过迄》之后的后期作品中才会有如此深刻的内涵。凭借这些，夏目漱石至少超越了当时绝大多数的自然主义作家，率先走上了现实主义的文学道路。在贯彻现实主义的同时，《门》这部作品还表达了反自然主义的思想，因此，《门》可以说是夏目漱石写作生涯的重要里程碑。

1949年于春阳堂文库讲解

（许佳琳　译）

图文解读

明治时代的真实生活和物价水平

明治维新以后，日本社会发生了翻天覆地的变化。时代飞速发展，人们的生活方式也随之不断改变。

你有没有想过，如果你是一个生活在明治时代的普通人，该怎么计算一个月的花销，需要赚到多少钱才能保障自己的生活？

表现明治维新后颁布宪法场景的浮世绘，作者杨洲周延

明治时代大学毕业的知识分子的薪资水平[1]

以夏目漱石为例：

· 1886 年

19 岁，任江东私塾兼职教师，月薪 5 日元。

· 1893 年

27 岁，任东京高等师范学校英语教师，月薪 40 日元。

· 1895 年

29 岁，任松山中学教师，月薪 80 日元。

· 1896 年

30 岁，任熊本第五高等学校教授，月薪 100 日元。

· 1904 年

38 岁，兼任东京第一高等学校教授、东京大学讲师、明治大学讲师，月薪共计 150 日元。

· 1907 年

41 岁，辞去所有教职，进入《朝日新闻》工作，月薪 200 日元，每年两次奖金（相当于三个月月薪）。

---

[1] 本文中所有涉及明治时代物价、薪资的内容均参考 1900 年前后的数据，数据来源于日本总务省统计局。——编者注

夏目漱石曾任教的熊本第五高等学校

夏目漱石当时的薪资相当于现在的多少钱?

根据日本银行的调查,综合企业物价指数和消费者物价指数计算后,明治时代的1日元大致相当于现在的2万日元。换算一下,夏目漱石刚工作时的月薪大概相当于现在的10万日元(约合人民币5606元),最高的时候则相当于现在的400万日元(约合人民币224 240元)左右。后者不管在当时还是现在,都是极为可观的数字,甚至超过了当时一些国会议员的收入水平。

有传闻称,当时《朝日新闻》的社长月薪也只有150日元。显然,夏目漱石作为全国知名的大作家享受了破格的待遇。

明治时代各行业的平均薪资水平

政府初级公务员	月薪 50 日元
初级银行职员	月薪 23 日元
初级警员	月薪 9 日元
熟练木工	月薪 25 日元
日结零工（以一月 30 天计）	月薪 13.5 日元

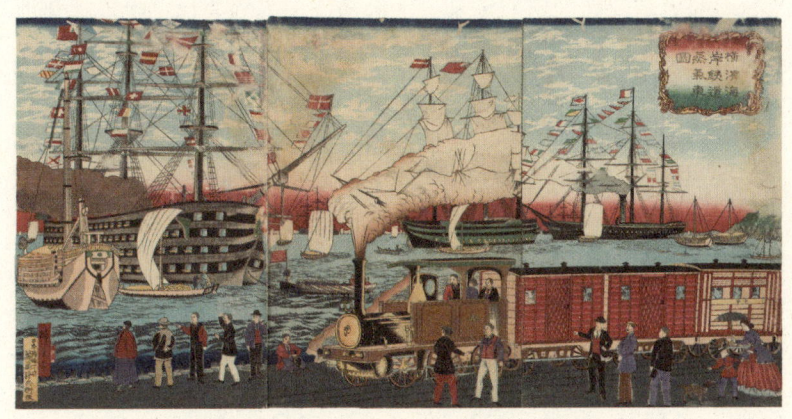

描绘横滨港火车站开始运行当天的浮世绘，作者歌川广重

明治时代的物价水平

· 10千克白米大概需要1日元12钱[1]，相当于现在的22 400日元（约合人民币1256元）。白米在当时相当昂贵，不是所有人都吃得起的。

· 1千克砂糖16钱，1千克食盐大约2钱，分别相当于现在的3200日元（约合人民币179元）和400日元（约合人民币22元）。日本的食盐价格似乎一直变动不大，但明治时代的砂糖比现在要昂贵得多。

· 如果选择在外就餐的话，一碗乌冬面大约2钱，约合现在的400日元；一碗咖喱饭则要5~7钱，相当于现在的1000~1400日元（约合人民币56~78元）。这方面和日本现在的物价基本差不多。

· 如果想偶尔喝点小酒的话，1升清酒需要44钱，相当于现在的8800日元（约合人民币493元），一大瓶啤酒则要21钱，相当于现在的4200日元（约合人民币235元）。可见那时的酒水对普通人家而言绝对算是奢侈品。

夏目漱石在《三四郎》中提到：当时在乡下，30日元足够一个四口之家半年的生活所需；在东京，一个大学教师月薪大概是50日元。而当时一辆自行车大约要200日元，相当于大学教师4个月的月薪，足够一个四口之家在乡下生活好几年。轿车的价格更是在5000日元以上，只有真正的大富豪才能负担得起。明治时代，日本社会的贫富差距可见一斑。

---

[1] 1日元等于100钱。

日本最早的米粮交易所，位于东京市中央区日本桥

欢迎您从《门》走进
三个圈经典文库

亲爱的读者，感谢您选择三个圈经典文库。

我们的封面统一使用"三个圈"的设计，读者可以凭借封面上形式各异的"三个圈"找到我们，走入经典的世界。

书中附赠的《三个圈独家文学手册》由专业团队精心编写，收录专家学者导读和特色图文解读，拉近读者和经典的距离。

跟随三个圈经典文库，认识世界、塑造自我，成为更好的人！

| 《漫长的告别》 | 《西西弗神话》 | 《人间失格》 | 《人类群星闪耀时》 | 《鼠疫》 |

| 《小王子三部曲》 | 《局外人》 | 《月亮与六便士》 | 《基督山伯爵》 | 《罗生门》 |

经典就读三个圈　　导读解读样样全

- 汇集全球经典文学作品
- 专业团队精选优质译本
- 附赠《三个圈独家文学手册》
- 收录专家导读、图文解读

打开淘宝
扫码购买

激发个人成长

多年以来，千千万万有经验的读者，都会定期查看熊猫君家的最新书目，挑选满足自己成长需求的新书。

读客图书以"激发个人成长"为使命，在以下三个方面为您精选优质图书：

1. 精神成长

熊猫君家精彩绝伦的小说文库和人文类图书，帮助你成为永远充满梦想、勇气和爱的人！

2. 知识结构成长

熊猫君家的历史类、社科类图书，帮助你了解从宇宙诞生、文明演变直至今日世界之形成的方方面面。

3. 工作技能成长

熊猫君家的经管类、家教类图书，指引你更好地工作、更有效率地生活，减少人生中的烦恼。

每一本读客图书都轻松好读，精彩绝伦，充满无穷阅读乐趣！

认准读客熊猫

读客所有图书,在书脊、腰封、封底和前后勒口都有"读客熊猫"标志。

两步帮你快速找到读客图书

1. 找读客熊猫

2. 找黑白格子

马上扫二维码,关注"熊猫君"
和千万读者一起成长吧!